Rache ist rot

Für die rockmusikalische Beratung danke ich Gisela und Wolfi, Daniel beriet mich literarisch, und für die Auskünfte über Technik und Konzertablauf bedanke ich mich bei Lukas.

Maria Linschinger

Rache ist rot

Illustrationen
Dietmar Krüger

G&D

Bibliografische Information Der Deutschen Bibliothek

Die Deutsche Bibliothek verzeichnet diese Publikation in der Deutschen Nationalbibliografie; detaillierte bibliografische Daten sind im Internet über http://dnb.ddb.de abrufbar.

> Über sämtliche Bücher der KRIMItime-Reihe finden Sie auch Informationen auf der Homepage: http://www.ig-lesen.at

www.kinderbuchverlag.com

ISBN (10) 3-7074-0332-7
ISBN (13) 978-3-7074-0332-9

1. Auflage 2006
copyright © 2006 G&G Buchvertriebsgesellschaft mbH, Wien
Herausgeberin: Monika Icelly
Covergestaltung und -illustration: Dietmar Krüger
Lektorat: Hubert Kapaun
Satz: G&G, Margit Stürmer, Wien
Druck und Bindung: Brüder Glöckler GmbH & Co KG, Wöllersdorf

In der neuen Rechtschreibung/2006

Aus Umweltschutzgründen wurde dieses Buch auf chlorfrei gebleichtem Papier gedruckt. Alle Rechte, auch die des auszugweisen Nachdrucks, der fotomechanischen Wiedergabe und der Übertragung in Bildstreifen sowie die Einspeicherung und Verarbeitung in elektronischen Systemen, vorbehalten.

Inhalt

Donnerstag 7

Freitag 40

Samstag 73

Donnerstag

Donnerstag, 23. November, 7 Uhr 25
„Frühstück, Wolfi!"

„Keine Zeit! Ich muss plakatieren!" Wolfi klemmte sich die Rolle unter den Arm, schwang sich aufs Rad und sauste davon. Zuerst zur Brücke. Dort war eine freie Stelle auf der Plakatwand des Supermarkts. Er hatte sich genau überlegt, wo er die Plakate anbringen wollte: am besten an Plätzen, wo täglich viele Leute vorbeikamen. Drei Stück behielt er in Reserve, eines davon für Traudi, seine jüngste Schwester.

Der Plakatgrund war zitronengelb, die Schrift schwarz, sehr wirkungsvoll. Im linken unteren Eck prangte der Stempel vom Gemeindeamt. Für die Druckkosten war ein Sponsor gefunden worden, ebenso für Speisen und Getränke, aber das Plakatieren war Wolfgangs Aufgabe. Klebstoff hatte er keinen mit, dafür Reißnägel. Damit ging es schneller, um 8 Uhr musste er in der Polytechnischen Schule sein. An die Pinnwand in der Aula wollte er auch ein Plakat heften.

So, das war das sechste Plakat. Am Zaun zwischen Postamt und Trafik. Er gönnte sich ein paar Sekunden lang den Anblick:

ROCK-FESTIVAL
im Kino Seewies
mit den Nachwuchstalenten der heimischen
Musik-Szene

The Flying Guitars
Crossing Game
SALAMBO
The Penguins
W.A.M.ROCKS

Samstag, 25. November, Einlass 17 Uhr 30,
Beginn 18 Uhr
Veranstalter: Kulturverein Seewies
Leitung: Tonstudio Bamminger
Sponsoren: SolCom und Sparkasse Seewies

W.A.M.ROCKS – das war seine Gruppe, die Rockstars aus Seewies, und das Festival ihr allererster Auftritt vor Publikum! Es war seine Idee gewesen, den bisherigen Bandnamen „The Walking Deads" aufzugeben, heuer war das große Mozartjahr – Wolfgang Amadeus Mozart – W.A.M.ROCKS.

„Bloß, weil du Wolfgang heißt!", hatte Andi, der Bassist und Bandleader, gemotzt.

„Falco und sein ‚Amadeus' sind doch Schnee von

gestern!", hatte Florian, der erste Gitarrist und Leadsänger, gemeckert.

„WAM – da kennt sich doch kein Schwein aus!", hatte der zweite Gitarrist, Alex, gejammert.

Aber er, Wolfi, war hart geblieben. Er war der Schlagzeuger und gab den Rhythmus vor, er wusste, worauf es ankam: Publicity!

„Rechnet euch aus, beim nächsten Jubiläum von Mozart sind wir schon 65! Also ist das für uns die einzige Gelegenheit!"

„Die einzige Gelegenheit wofür?", hatten sich seine Freunde gefragt. So ganz genau wusste Wolfi es auch nicht, aber er war überzeugt: Wenn Mozart jetzt lebte, würde er Rockmusik machen und nicht Klassik!

Abgehetzt kam er zum Schulhaus.

Donnerstag, 12 Uhr 40
„Die Marktgemeinde Seewies hat 5.000 Einwohner und viele Sehenswürdigkeiten. Zum Beispiel einen Berg mit einer Seilbahn. Im Winter für Schifahrer, im Sommer für Wanderer. Und – "

„Gusti! Wo steckst du? Du bist dran mit dem Tischdecken!"

„Mama, du nervst! Jetzt muss ich wieder von vorn anfangen!"

Gusti stand auf dem Sofa im Wohnzimmer und

wedelte mit einem Blatt Papier. Sie räusperte sich: „Also – im Sommer für Wanderer. Und Seewies liegt am südlichen Seeufer ... Antonio, ich wünsche dir einen guten Aufenthalt in Österreich und speziell in unserem schönen Seewies!"

Gusti war fertig und hüpfte vom Sofa.

„Ich komme, Mama, ich kann's schon fast auswendig! Morgen melde ich mich freiwillig."

Wenn Gusti die Hausaufgabe noch vor dem Mittagessen erledigt hatte, fühlte sie sich großartig. Sie lief in die Küche und nahm acht Teller aus der Kredenz. Am Glastürl hing ein Zettel.

Montag und Dienstag: Franziska

Mittwoch und Donnerstag: Gusti

Freitag: Traudi

Samstag: Freiwillige Helfer

Franziska, die Große, war 12 Jahre alt, Gusti, die Mittlere, neun, und Traudi, die Kleine, erst sieben. Und der Bruder, das älteste Kind in der Familie Kugler? Der war fast 15 und ein so genannter „Springer", das heißt, er sprang ein, wenn eine seiner Schwestern verhindert war. (Meistens war er aber selber verhindert!)

Sonntags übernahm Oma die Kugler-Küche. Sie war eine Handarbeitslehrerin im Ruhestand. In ihrem Haushalt blieb der Herd für gewöhnlich kalt, dafür erschien sie täglich bei der Schwiegertochter. Offiziell, um zu helfen, inoffiziell, um nachzuschauen. Wenn man wie sie nur ein Kind großgezogen hatte, konnte man kaum glauben, dass jemand mit vier Kindern zurechtkam. Es funktionierte: Geschirrspüler und Wäschetrockner machten es möglich.

Alle in der Familie hatten einen starken Gerechtigkeitssinn. Es gab genaue Regeln, damit es nicht drunter und drüber ging.

Zur Familie gehörte außer der Oma Kugler auch noch der Pointl-Opa, der täglich zweimal mit am Tisch saß. Aber er frühstückte allein. „Einmal am Tag brauch ich meine Ruhe!", behauptete er. Erst seitdem seine bessere Hälfte nicht mehr lebte, wohnte er hier. Klar, nicht jeder allein zurückbleibende Mann lernt in diesem Alter noch das Kochen.

Der Platz war knapp: Sieben Menschen in einem kleinen Haus und beim Essen acht! Wenn es einem der Mädchen zu viel wurde, übersiedelte es für eine Weile zur Oma.

Der Esstisch war das längste Möbelstück und zugleich der beliebteste Arbeitsplatz für die Kugler-Kinder. „Länger als ein Sarg", sagte sein Hersteller, der Pointl-Opa. Er war stolz auf das Werkstück. Holz war sein Lieblingsmaterial. Ihm gehörte die Hobbytischlerei im Keller. Der Pointl-Opa war Lokführer gewesen. „Lokführer haben ständig den Lokgeruch in der Nase. Holz riecht angenehmer", erklärte er jedem, ob es ihn interessierte oder nicht. – Alfons Pointl, bei

Tag oder Nacht, bei Sonne oder Regen, bei Nebel oder Schnee im Führerstand, genau nach Dienstplan. Und immer pünktlich!

Das Pünktliche hatte der Enkel vom Opa: Er versäumte keinen Einsatz. Wolfgang war der geborene Schlagzeuger. Auch mit Löffel und Gabel am Esstisch. Und das war es, was Frau Kugler, seine Mutter, nicht leiden konnte.

„Aufhören, Wolfi!", sagte sie automatisch.

Das Schimpfen überließ der Vater ihr. Herr Kugler war ein sanfter Riese. Er arbeitete im Chemielabor der Seewieser SolCom und genoss es, auch mittags daheim zu essen, weil sein Weg in die Fabrik nur fünfzehn Minuten dauerte. Deshalb der große Esstisch (zweieinhalb Meter lang, einen Meter breit).

„Darf ich den Antonio einladen?", fragte Gusti.

„Wer ist denn das?", fragten mindestens fünf am Tisch.

„Unser Gastschüler aus Mexiko. Er will die Heimat seiner Vorfahren kennenlernen."

„Wieso kennt er die nicht?", fragte Traudi, „wir kennen ja auch den Opa und die Oma."

„Traudi, die Vorfahren sind doch immer schon tot!", erklärte Gusti, „also, der Kugler-Opa ist ein Vorfahre von dir, aber der Pointl-Opa nicht, weil er noch lebt. Und bei unseren Omas ist es genauso, verstehst du?"

Die Vorfahren der Familie protestierten gleichzeitig.

„Habt ihr das in der Schule gelernt?", wollte Herr Kugler wissen. Er holte sich seinen dritten Grammelknödel aus der Pfanne.

„So ähnlich", antwortete Gusti. „Jedenfalls: Mama, wann darf ich den Antonio mitbringen?"

„Nimm ihn lieber mit ins Konzert!", schlug Franziska vor. „Wolfi, wir kriegen doch Freikarten, oder?"

Wolfi sagte nichts, er trommelte auch nicht mit dem Besteck. Er tat überhaupt nichts, sondern starrte nur in die Luft. Franziska gab ihm einen Rippenstoß.

Da platzte er heraus: „Irgendjemand in Seewies hat was gegen Rockmusik! Das ist Sabotage!"

„Was ist eine Sabo-Tasche?", fragte Traudi.

„Schau im Lexikon nach!", knurrte Wolfi. Und weil ihn alle bestürmten, rückte er mit seinem Kummer heraus: „Vier von den Plakaten sind heruntergerissen worden! Total zerfranst! Nur das am Bahnhof hängt noch."

„Hast du jemanden in Verdacht?", fragte Frau Kugler.

„In meiner Klasse gibt es ein paar unmusikalische Neidhammel, aber dass sie so etwas tun, kann ich mir nicht vorstellen."

„Vielleicht war es jemand vom Heimatverein", sagte die Oma, „nicht jeder in Seewies mag eure Musik."

„Du denkst, wir wären eine Konkurrenz für die Volksmusikfreunde, Oma?"

„Manche Leute finden einheimische Musik schöner", meinte sie.

„Habt ihr die Plakate vorher stempeln lassen?", fragte Herr Kugler, „sonst ist das Anbringen nämlich nicht erlaubt."

„Logo, Papa!"

„Und was ist jetzt mit dem Plakat für mich?"

„Ich kann dir keines geben, Traudi, wir müssen nachplakatieren."

„Das übernehme ich und diesmal werden wir die Standorte bewachen!", sagte Franziska.

„Ich helfe dir, ich hab meine Hausaufgabe schon gemacht", rief Gusti.

„Und ich hab heute gar keine!", rief Traudi. „Wolfi, was soll ich tun, wenn ich den Plakaträuber erwische? Fesseln? Mama, gib mir ein Stück Schnur!"

„Wir überwältigen ihn und schleppen ihn zu euch in den Probenkeller, dann kann er was erleben!", sagte Franziska.

„Nein, wir bringen ihn gleich zur Polizei!", rief Gusti.

„Und wenn es mehrere sind? Mehrere Musikbanausen?", fragte Frau Kugler.

„Ich nehm den Fotoapparat mit", sagte Franziska, „dann haben wir einen Beweis."

„Ja!", schrie Gusti, „du fotografierst den Tatort und die Tatverdächtigen!"

„Hier sind die Reißnägel, Franzi!" Wolfi gab der Schwester eine Schachtel. „Die Plakatrolle liegt am Kastl im Gang. Ich muss hinunter, wir haben gleich Probe und morgen auch noch einmal."

Die Kugler-Kinder schoben ihre Sessel zurück und wollten davonstürmen.

„Stopp!", rief ihr Vater. „Was habt ihr vergessen?"

Sie stoppten und sagten im Chor: „Danke, gut war's!"

„Ja, gut war's wieder einmal, Luise!", sagte Herr Kugler zu seiner Frau.

„Nur der Knödelteig hätt' ein bisserl dünner sein können", murmelte die Oma.

„Hauptsache, das Kraut war weich!", brummte der Opa und klackte mit seinem Gebiss. Der Kater sprang ihm auf die Knie, legte die Vordertatzen an den Tischrand und die Nase an den Tellerrand. Sein Schnurrbart zitterte.

„Husch! Weg mit dir!", verscheuchte ihn die Oma.

Der Kater warf ihr einen beleidigten Blick zu.

„Komm, Figaro, gehen wir auch in den Keller!", sagte der Pointl-Opa. Der Kater ging mit hocherhobenem Schwanz voraus.

Donnerstag, 14 Uhr
Die Bandmitglieder diskutierten wegen der abgerisse-

nen Plakate. Man war sich einig: Es war eine Sauerei, aber das sollte sie nicht aufhalten.

Wolfi setzte sich an die Batterie. Die Probe für den Dreißig-Minuten-Auftritt begann. Fünf Nummern durfte jede Band bringen, plus zwei Zugaben. Fünf Nummern, das war genau die Hälfte des Programms, das sie bis jetzt einstudiert hatten.

Die Moderation dazwischen wollte Andi machen. Er hatte sich ein paar Sätze zurechtgelegt und ein paar englische Brocken eingeprägt. Sie wollten zum Einstieg, als „opener", einen Rolling-Stones-Titel nehmen, Paint It Black. Das war ein Klassiker, den alle Rockfans wiedererkennen würden.

Bei der musikalischen Begrüßung kam es besonders auf das „timing" an: nicht zu schnell, nicht zu langsam! Dafür war Wolfi verantwortlich. Dann waren Eigenkompositionen vorgesehen. Je eine von den Gitarristen und zwei von Wolfi. Eine Zugabe sollte von Andi stammen, über die zweite stritten sie noch immer. Es war ja gar nicht sicher, dass man Zugaben verlangte! Die Bands wurden nicht nur nach ihrer Technik beurteilt, sondern auch nach dem Grad ihrer Kreativität. Wolfi hatte vorgeschlagen, ganz zum Schluss das Fraggles Theme zu spielen, selbst auf die Gefahr hin, ausgebuht zu werden. Aber alle waren dagegen. Auch für den Beginn hatte er sich eine andere Nummer gewünscht. Dave Grohl war Wolfis großes Vorbild und No One Knows sein Lieblingstitel.

Er zählte ein: One-two, one-two-three-four! Und sie rockten los.

Figaro sprang aus dem Kellerfenster. Den Pointl-Opa schützte seine Schwerhörigkeit.

Donnerstag, 14 Uhr 15
Die Kugler-Schwestern marschierten durch Seewies. Tatsächlich, das Plakat vor dem Supermarkt lag in Fetzen auf der Erde! Sie sammelten die Reste ein. Traudi versuchte sie wie ein Puzzle zusammenzufügen. „Vielleicht kann man das kleben? Dann hätte ich doch eines für mein Zimmer."

„Das hat keinen Sinn", sagte Franziska. Sie montierten gemeinsam ein neues.

„Ich bleibe hier", sagte Gusti und schob sich einen Kaugummi in den Mund. Sie knüpfte die Kordel der Kapuze zu, ein eisiger Wind blies vom Gebirge her.

Franziska und Traudi gingen über die Brücke zum Postamt. Die Möwen hoben vom Geländer ab, segelten kreischend über den Fluss und kehrten nacheinander wieder zur Brücke zurück.

Auf dem Zaun zwischen Trafik und Postgebäude steckten die Reißnägel noch im Holz, das Plakat lag in Streifen darunter. Traudi sammelte alles ein und stopfte es in den Papierkorb an der Hauswand. Dann

hielt Franziska das frische Plakat und Traudi drückte die Reißnägel so fest sie konnte auf die Ecken.

„Du, Franzi, schau, das ist nicht ganz gerade!"

„Weil du den Kopf schief hältst! So, du bewachst diese Straße und ich geh jetzt zum Kirchenplatz hinauf, okay?"

Franziska lief davon und Traudi bewunderte das Plakat. Ihr gefiel der Name von Wolfis Band. W.A.M.ROCKS! Er war leicht zu merken und wenn man ihn schnell hintereinander sagte, klang er richtig rockig: W.A.M.ROCKS, W.A.M.ROCKS – wie die dumpfen Schläge auf der Trommel. „Ich werde auch Schlagzeugerin", dachte Traudi. Sie ging im Takt am Zaun entlang. Dann hüpfte sie einbeinig über die Pflasterfugen, vorwärts, rückwärts. Danach las sie die Überschriften auf den anderen Plakaten: Vereinssitzung der Kleintierzüchter, Disco-Krampuskränzchen, Nikolausfeier im Altenheim, Bauchtanz für Fortgeschrittene ...

Lauter schwierige Wörter, wenn man wie Traudi eine Zweitklaßlerin war. – Allmählich wurde ihr fad.

Donnerstag, 15 Uhr
Für Gusti war der Wachdienst kalt, aber nicht langweilig: Antonio, der Mexikaner, leistete ihr Gesellschaft. Seine Tante kaufte im Supermarkt ein. Er war

froh, dass er diesmal nicht als Wagerlschofför dienen musste. Gusti interessierte sich für den Alltag in der Metropole Mexiko-City und Antonio fand die Seewieser Neuigkeiten aufregend.

„Alle Plakate zerfetzt? Dios mio! Da hat jemand eine ordentliche Wut im Bauch gehabt. So eine Wut kriegt man nicht grundlos."

„Glaub ich auch, der Täter war nicht bloß eine beleidigte Leberwurscht."

„Wieso Leberwurscht?", wollte Antonio fragen, aber er wurde abgelenkt: Ein Mädchen mit grünen Haaren gesellte sich zu ihnen.

„Hallo, Gusti!"

„Hallo, Silvia!"

„Hola!", sagte Antonio.

Die grüne Silvia war eine Mitschülerin von Franziska. Grün nannte man sie erst seit letztem Sommer, vorher waren ihre Haare blau gewesen.

Ein paar Regentropfen fielen. Silvia spannte den Schirm auf, sie standen zu dritt vor dem Plakat. Da fing es an zu schütten und sie flüchteten unter den überdachten Eingang. Die Schiebetür ging pfauchend auf und wieder zu.

„Kennst du eine von den neuen Bands, die am Samstag spielen, Gusti?", erkundigte sich Silvia.

„Eh klar, mein Bruder ist der Drummer von den W.A.M.ROCKS. Kommst du auch hin?"

„Vielleicht." Silvia zuckte mit den Schultern. „Eigentlich ist für diesen Samstag eine Videonacht bei Nicole geplant. Ihre Eltern sind übers Weekend verreist. Hat deine Schwester nichts davon gesagt? Franziska ist auch eingeladen. Jeder bringt sein Lieblingsvideo mit und seine Lieblingsknabberei und einen Schlafsack. Ich kaufe Erdnusslocken. Die Getränke besorgt Nicole. Dann machen wir die Nacht durch."

„Nur Mädchen?", fragte Antonio. „Aber dafür in allen Farben, was?"

„He, werd nicht frech! Meistens sind wir unter uns, aber man kann nie wissen, wer noch dazustößt, Nicole schmeißt die besten Partys. Davon versteht ihr nichts, ihr müsst noch wachsen!"

„Wir werden uns anstrengen, nicht wahr, Antonio?", sagte Gusti. „Wenn du mit der Franziska reden willst, Silvia, die steht Wache auf dem Kirchenplatz."

„Wieso Wache?"

Die grüne Silvia wurde aufgeklärt. Sie schloss den Schirm, der Regenschauer war vorüber. Im Davonlaufen rief sie: „Ich mache Werbung für das Konzert, die Videos könnten wir uns auch ein anderes Mal anschauen!"

Donnerstag, 16 Uhr
Eine junge Frau kam über den Zebrastreifen beim Postamt, neben ihr trottete ein Beagle an der Leine. Ein echter Beagle! So einen Hund hatte sich Traudi schon ewig gewünscht. Hellbraun, weiß und dunkelbraun gemustert, Hängeohren und dicke Pfoten, als trüge er bequeme Hauspatschen. Seine Krallen schrabbten über den Straßenbelag.

Neugierig blieb der Beagle bei Traudi stehen und beschnupperte ihre Waden. Die Frau zerrte ihn zum Treppenaufgang und wand seine Leine um den Handlauf. „Sitz, Harry!"

„Harry heißt er, wie der berühmte englische Zauberlehrling!", dachte Traudi. Jetzt war sie ganz und gar verzaubert. Der Beagle Harry war folgsam. Mit sehnsüchtigem Blick schaute er zu Traudi hoch.

„Braver Hund!", lobte ihn Traudi. Sie hatte die Hände auf dem Rücken, um nicht in Versuchung zu kommen, Harry zu streicheln. Bei Hunden konnte man nie sicher sein, auch wenn sie noch so treuherzig dreinschauten.

Harry gefiel ihr und sie gefiel Harry, seine Schwanzspitze schwang begeistert hin und her.

„Netter Hund, gehört der dir?", fragte jemand neben Traudi. Ein unbekannter Bub, fast drei Köpfe größer als sie und zaundürr, war plötzlich aufgetaucht. Er trug einen Rucksack, aus dem ein Skateboard herausragte.

„Äh, nein", sagte Traudi, „ich schau ihn mir bloß an."

„Unser Drahthaar-Foxl folgt nur meinem Großvater. Sie sind beide gleich grantig. Der da schaut freundlicher aus. Na, Alter, besitzt du einen ordentlichen Stammbaum?"

Harry bellte. Der Skater bellte zurück, tippte an seine Mütze und verschwand in der Trafik nebenan.

Jetzt öffnete sich die Tür des Postamts und die junge Frau kam heraus. Traudi wollte irgendetwas sagen, doch sie getraute sich nicht. Harrys Frauchen sah nicht besonders freundlich aus und hatte es eilig.

So begnügte sich Traudi mit wortloser Bewunderung und ging einfach neben Harry her. Der Hund wedelte gut gelaunt und hechelte eifrig. Da waren sie schon an der nächsten Kreuzung. Die Frau wollte die Straße überqueren und zog an der Leine, doch Harry weigerte sich. Er stemmte alle vier Pfoten gegen den Randstein und bellte wieder.

„Aber Harry!"

Harry hatte einen Grund stehen zu bleiben. Er musste dringend! Er kauerte sich hin und verrichtete sein Geschäft.

Auf einmal war er Traudi nicht mehr so sympathisch, obwohl diese Tätigkeit schließlich etwas ganz Natürliches ist, wie man zugeben muss. Bei Hunden und überhaupt! Aber nicht auf der Straße! Nicht in aller Öffentlichkeit!

Die Frau ging weiter, mitsamt dem erleichterten Harry. Der Kackhaufen lag am Gehsteigrand, direkt vor Traudis Füßen.

„Was soll man da machen?", dachte Traudi. „Tschüss, Harry!" Sie ließ Harrys stinkenden Haufen hinter sich. Als sie zum Postamt zurückkam, leuchtete ihr eine knallrote Schlangenlinie entgegen: Das Plakat war von oben bis unten besprayt!

In diesem Augenblick begann es zu regnen.

Donnerstag, 17 Uhr
Traudi sprang über die Pfützen vor dem Supermarkt. Gusti und Antonio hatten wieder unter dem Vordach Schutz gesucht. Traudi keuchte und schimpfte los: „Das Plakat! Gusti! Hilfe! Und wer bist du?"

„Antonio Banderas, Gastschüler."

„Ach so, der aus Mexiko! Hast du ein Handy?"

Antonio griff in seine Jackentasche.

„Siehst du, Gusti, er hat eins, heutzutage braucht das jeder!"

„Was ist los, Traudi? Jetzt sag endlich, warum du dich so aufregst!"

„Das wirst du gleich hören!" Traudi hatte schon gewählt und drückte Antonios Handy ans Ohr: „Franzi!

Stell dir vor, mein Plakat ist ganz rot! Ja, nein, doch, ich hab aufgepasst, ehrlich! Die ganze Zeit! Nein, nur ein paar Schritte, ich war gleich wieder zurück! Hab bloß den Harry begleitet, bis zur Kreuzung. Was? Nein, ein Hund! Ach, das ist ja jetzt egal. Komm und schau es dir an! Knallrot! Ja!"

Traudi gab Antonio das Handy zurück: „Danke! Die Franzi wird gleich da sein."

„Wer ist Franzi? Euer Bruder?"

„Nein, unser Bruder ist der Wolfi. Franzi ist die Franziska. Die darf ein Handy haben und wir nicht! Wir haben geizige Eltern."

„Quatsch, Traudi! Vier Kinder, vier Handys – das kostet zu viel."

„Ja, aber dem Wolfi zahlt es der Opa und der Franziska die Oma, da könnte es mir die Mama und dir der Papa zahlen, geht sich genau aus! Eine einfache Rechnung!"

Antonio nickte anerkennend: „Deine kleine Schwester ist ein Mathe-Genie."

„Ist mir noch nie aufgefallen, aber jetzt erzähl uns, was passiert ist, Traudi!"

Drei Minuten später lief Franziska die Kirchengasse herunter. Es tröpfelte wieder, die Straßenlampen warfen gelbliche Kreise, vom Fluss herauf zogen dünne, weiße Schleier. Der Asphalt glänzte wie lackiert.

Mit hochgezogenen Schultern standen die drei vor dem Supermarkt, als Franziska eintraf: „Warum hast du nicht besser aufgepasst, Traudi!"

„Ich hab doch nur – es war so ein lieber Hund! Das hat der Skater auch gesagt! Und dann bin ich mitgegangen, bis er auf den Gehsteig gekackt hat."

„Der Hund?", fragte Antonio.

„No-na, der Skater wahrscheinlich", spottete Gusti.

„Welcher Skater?", fragte Franziska.

„Na der mit dem Rucksack, der in die Trafik gegangen ist", sagte Traudi.

„Wenn einer hineingegangen ist, muss er auch wieder herausgekommen sein und vielleicht hat er dann, als du weg warst ...", sagte Antonio und machte eine Handbewegung, als schwenke er eine Spraydose.

„Stimmt, vielleicht war in dem Rucksack eine Spraydose", warf Gusti ein.

„Nein, ein Skateboard!", sagte Traudi.

„Ich kenn mich überhaupt nicht mehr aus", meinte Franziska. „Schauen wir uns das rote Plakat an!"

„Mir ist kalt, gehen wir heim!", sagte Gusti. „Kommst du mit, Antonio?"

„Ist das jetzt dein Leibwächter?", fragte Franziska.

Antonio war nicht beleidigt, er fühlte sich eher geschmeichelt. Ein bisschen rot wurde er aber doch. Dazu war kein Spray nötig.

„Gut, ihr drei geht voraus", bestimmte Franziska,

„aber sagt dem Wolfi noch nichts, sonst regt er sich auf und die Probe ist verpatzt. Ich fotografiere das Plakat, dann komm ich auch nach Hause."

Donnerstag, 18 Uhr
Wolfi ließ sich nicht mehr beruhigen. Er kletterte aufs Rad und fuhr zum Postamt, weil er die Schweinerei selber sehen wollte. Er war wütend. Dann fuhr er zum Supermarkt. Von weitem sah er das leuchtende Rot. Am Kirchenplatz überraschte es ihn gar nicht mehr: Auch dieses Plakat war mit roter Farbe übersprüht.

Nur am Bahnhof war das Plakat vom Rockfestival noch wie es sein sollte, gelb und schwarz. „Naja", dachte er, „wenigstens eines ist übrig. Das in der Schule hoffentlich auch! Ich muss mir etwas anderes einfallen lassen für die Werbung. Was sollen die Musiker von den anderen Bands denken, wenn sie erfahren, dass die Festival-Plakate unlesbar sind."

Er nahm sich vor, Herrn Bamminger anzurufen und radelte nach Hause. Seine Finger wurden klamm. Er hauchte abwechselnd in die hohlen Hände und plötzlich hatte er den Geruch von Schnee in der Nase. Wenn es im November im Tal regnete, fiel droben im Gebirge der erste Schnee. Und der Bergwind wehte die Schneeluft ins Tal.

„Nur noch viereinhalb Wochen bis Weihnachten!",

dachte er. Und danach begann die Schnupperlehre für die meisten in seiner Klasse. Er hatte sich im Tonstudio anmelden wollen, weil ihm Tontechniker als Beruf am besten gefiel. Aber dafür gab es keine Handwerkslehre.

Zur Auswahl standen außerdem noch eine Keramikfabrik und eine Kunsttischlerei. „Der Pointl-Opa wäre begeistert!", dachte Wolfi. „Es muss jedenfalls etwas sein, wo mir nebenbei genug Zeit für das Schlagzeug bleibt. – Verflixt, die Plakate! Ich sollte sofort den Bamminger anrufen! Vom Handy aus? Nein, besser daheim vom Festnetz aus, das ist billiger."

Donnerstag, 18 Uhr 30
Wolfi bekam den Tonstudioleiter nicht gleich an den Apparat. Er stand im Gang und hörte das Rumoren aus der Küche. Es klang wie ein Bienenschwarm.

Endlich! Herr Bamminger meldete sich und Wolfi schilderte ihm, dass das zweite Plakatieren ebenfalls für die Katz gewesen war. Ja, für die Katz! Figaro strich um seine Beine, Wolfi bückte sich, um ihn zu streicheln.

Herr Bamminger sah die Sache gelassen. Nein, Plakate habe er keine mehr, eines hänge im Schaukasten am Kino-Eingang, unter Glas, und sei daher nicht in Gefahr. Zur Aufmunterung erzählte er Wolfi, dass der Besitzer eines Labels zugesagt habe, sich die fünf neuen Bands anzuhören. Und mit der besten Rock-Formation hätte er vor, nächstes Jahr eine CD aufzunehmen. Und noch ein Zuckerl: Es bestünde sogar die Aussicht, als Vorgruppe bei einem Konzert in Wien aufzutreten.

Das war ein Hammer! Wolfi legte den Hörer auf und hob den Kater hoch. Figaro puffte mit dem Kopf gegen Wolfis Brust. Plötzlich merkte Wolfi, wie hungrig er war. Mindestens so hungrig wie Figaro!

Donnerstag, 18 Uhr 45
Der lange Tisch war heute zu kurz, denn alle Bandmitglieder hatten auf Wolfis Rückkehr gewartet und beim Warten Hunger bekommen. Frau Kugler hatte deshalb ihren zweitgrößten Nudeltopf aufgesetzt. Das Wasser wallte in beiden Töpfen, die Küche glich einem römischen Dampfbad.

„Pro Person zehn Dekagramm Spaghetti", rechnete Gusti, „das ergibt 12 x 10 dag = 120 dag = 1 kg 20 dag." Sie klappte die Küchenwaage auf, wog zweimal 60 dag ab und stellte die Eieruhr.

„Al dente!", sagte sie. Antonio hielt das Nudelsieb, während Frau Kugler das Wasser abgoss. Gusti war heute zuständig fürs Aufdecken.

Franziska schob ein dickes Stück Parmesan über

die Reibe. Wolfis Freunde feuerten sie an. Ihre Mägen knurrten.

Der Opa schnäuzte sich, die Oma würzte das verlängerte Sugo. Frau Kugler rieb eine Schüssel mit einer Knoblauchzehe aus und träufelte Öl über den Nudelberg. Ihr Mann versuchte, in dem Trubel die Zeitung zu lesen. Er gab es auf und öffnete mit einem kräftigen Ruck das Olivenglas.

In diesem Augenblick kam Wolfi mit Figaro in die Küche. Und alle wunderten sich, dass er trotz des Plakatterrors ein fröhliches Gesicht machte. Er berichtete von der CD der Siegerband und dem Engagement als Vorgruppe.

„Jetzt erst recht!", sagte er und seine Freunde nickten.

„Was ist denn der zweite Preis, Wolfi?", fragte Gusti.

„Ein 100-Euro-Gutschein von einem Musikhaus. Der dritte Preis sind ein Satz Gitarrensaiten und Sticks für den Drummer. Außerdem kriegt jeder ein Paar Frankfurter."

„Gute Aussichten!", brummte der Pointl-Opa.

„Morgen wird die Suche nach dem Täter fortgesetzt", sagte Traudi. Sie fühlte sich schuldig, weil sie ihren Posten wegen Harry verlassen hatte.

„Und was ist mit heute Nacht?", fragte Wolfi.

„Man müsste den Bahnhof bewachen", schlug der Pointl-Opa vor. Bahnhöfe waren ihm vertraut. Auf

Bahnhöfen spielte sich immer allerhand ab. „Der Kartenschalter schließt um 21 Uhr 30, nach dem letzten Zug."

„Meint ihr, es war jemand von auswärts?", fragte Wolfi.

„Hm, wir sollten alle Verdächtigen unter die Lupe nehmen. Ihr habt keine Ahnung, wie viele Musiker bei mir angefragt haben, ob sie bei unserer Band mitmachen dürfen! Hauptsächlich Gitarristen, aber auch mehrere Mädchen, die glauben, dass sie singen können ...", sagte Andi, der Bassist. Er vergaß, dass außer ihm selbst alle W.A.M.Rocker Anfänger waren. Andi war mit 16 Jahren der Älteste. „Die Bewerber waren lauter Anfänger! Die Sängerinnen auch – die kämen bei einem Casting nie in die engere Auswahl. Keine rockigen Stimmen! Nicht einmal für den Background langt's bei denen."

„Wir brauchen keinen Background und keine Sängerinnen, bei uns singen die Gitarren und wir!", sagte Florian und Alex bestätigte ihn: „Genau!"

„Morgen ist auch noch ein Tag, meine Herren!", sagte die Oma und kratzte mit der Gabel im leeren Teller.

„Es ist Zeit für die ‚Zeit im Bild'", sagte der Pointl-Opa. Figaro begleitete ihn ins Wohnzimmer. Nicht nur manche Menschen, auch manche Tiere schlafen vor dem Bildschirm am besten.

Herr Kugler sagte leise: „Gusti, richte ihm die Kopfhörer, sonst dröhnt das ganze Haus."

Dann sammelte er die Teller ein und füllte den Geschirrspüler. Frau Kugler hängte ihre Schürze an den Haken und die Oma öffnete für die Besucher die Tür. Antonio und die satten Rockmusiker zogen ab.

Andi war der Letzte auf der Treppe. „Du, was ich neben deinen Leuten nicht sagen wollte", flüsterte er Wolfi zu, „eine von den Sängerinnen, die ich abgewiesen habe – du ahnst nicht, wie die sich aufgeführt hat!"

Wolfi hatte wirklich keine Ahnung.

Andi begann nochmals: „Beschimpft hat sie mich: ‚Pickelnasiger Rotzrocker' hat sie zu mir gesagt und dass wir grunzen anstatt zu singen!"

Wolfi dachte an die Refrains, bei denen er mit einstimmen musste und sagte: „Naja, ganz so unrecht hatte sie damit nicht!"

Andi lachte.

Donnerstag, 21 Uhr 20
Der Studioleiter hatte gesagt, er solle sich auf seine Solos konzentrieren und nicht über Täter und Motive spekulieren, aber irgendwie hatte Wolfi ein komisches Gefühl. Als wäre das noch nicht alles gewesen – zerrissene Plakate und rote Farbe. Er las den Text des

Flugzettels, den er zum Verteilen in seiner Klasse vorbereitet hatte. „Der Bamminger hat recht: Nur die Musik ist wichtig, nicht das Drumherum! Wenn aber das Drumherum kriminell ist? Was würde man auf der Polizei dazu sagen?", dachte Wolfi. „Nur ein dummer Streich? Wer ist verdächtig? Grundsätzlich die gesamte Musikschule Seewies, Anhänger von Klassik und Volksmusik. Möglicherweise auch der Trachtenverein, wie Oma vermutet. Aber das Rockfestival findet nicht zum ersten Mal statt, der Bamminger veranstaltet seit zehn Jahren solche Konzerte. Er hat die teure Anlage auf der Bühne fix installieren lassen und arbeitet selbst am Mischpult, sein Assistent ist für die Lichttechnik verantwortlich. Ob er einen persönlichen Feind hat, von dem er nichts ahnt? Meine Schwestern haben von einem Skater erzählt, der in der Nähe eines Tatorts gewesen ist. Haben Sportler etwas gegen Rockmusik? Blödsinn!"

Er dachte an seine Mitschüler und an Gerhard. Gerry ließ er sich neuerdings nennen. Gerhard war früher Wolfis bester Freund gewesen, schon im Kindergarten. Wolfgang und Gerhard, die Unzertrennlichen! Als für Wolfi das Schlagzeug immer wichtiger wurde, fing ihre Freundschaft an zu bröckeln.

„Gerhard ist eifersüchtig gewesen auf meine Drums", dachte Wolfi.

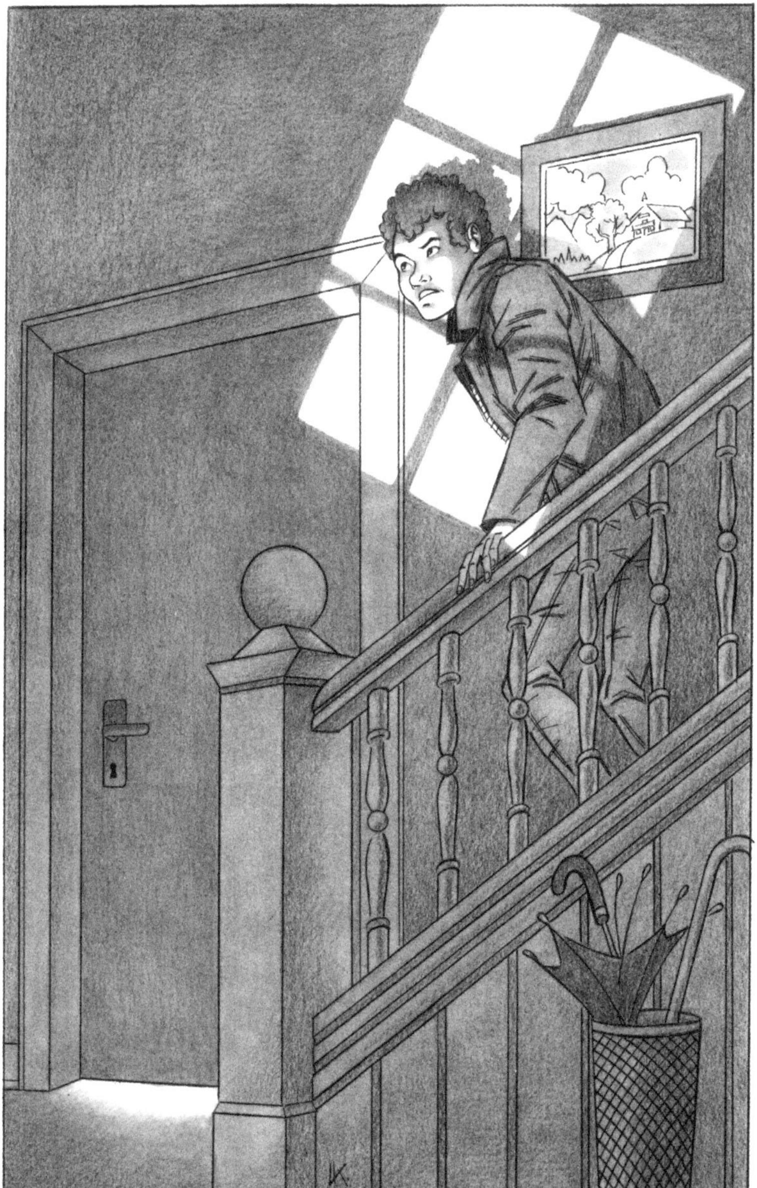

Als Wolfi mit der Polytechnischen Schule begann, wechselte Gerhard in die HTL.

„Ein ehemaliger Freund als Täter? Und Eifersucht als Tatmotiv? Lächerlich!", dachte Wolfi. „Gerry fährt täglich mit dem Zug zur Schule. Wie soll der an einem Schultag Plakate herunterreißen oder besprayen können? Was, wenn Gerry einfach geschwänzt hat?"

Nun fiel Wolfi der letzte Zug ein. Und das letzte Plakat. „Der Bahnhof Seewies ist winzig, im letzten Zug sitzen bestimmt wenig Leute, auf dem Bahnhof ist kaum etwas los. Es würde sofort auffallen, wenn jemand …"

Wolfi schaltete den Computer aus und schlich die Treppe hinunter. Aus dem Zimmer seiner Schwestern drang Musik: die Beatles!

Die Tür zum Wohnzimmer war zu. Die Eltern schauten wahrscheinlich fern. „Ob sie sich einen Krimi anschauen? Ich spiele selbst in einem mit", murmelte er.

Wolfi öffnete die Fahrradsperre. Der Nebel drang ihm wie kaltes Wasser in Mund und Nase, die Luft war voll schwebender Feuchtigkeit. Er hörte ein dumpfes Grollen vom Bahntunnel her. „Verflixt, der Zug ist pünktlich, ich muss mich beeilen."

Donnerstag, 21 Uhr 30
Das Gelb des Plakates war matter als bei Tageslicht, die Schrift gerade noch lesbar. Silvia stand vor dem Zigarettenautomaten. Wolfi kannte sie nur vom Sehen. Im Neonlicht wirkte das grüne Haar gespenstisch.

„Soll ich Silvia ansprechen? Wieso steht sie hier am Bahnhof herum?", ging es ihm durch den Kopf. „Es gibt nur zwei logische Gründe: a) Sie will jemanden abholen oder b) sie will wegfahren."

Er musterte Silvias Schlaghosen. Ihre Jeans-Jacke war mit Plüsch gefüttert. Sie sah flippig aus.

„Moment, ich habe etwas vergessen, es gibt noch einen Grund, warum sie hier ist: c) Sie will Zigaretten aus dem Automaten ziehen, unbeobachtet!"

Silvia ging in Franziskas Klasse, dritte Hauptschule. Und Wolfis Schwester war um diese Zeit daheim. Zumindest nahm er das an. Oder hatte Franziska auch Geheimnisse vor ihm? Und vor den Eltern? „Hallo könnte ich zu Silvia wenigstens sagen", überlegte er.

Silvia betrachtete die Auswahl an Zigaretten. Wolfi war Luft für sie. Da fiel ihm plötzlich d) ein: „Silvia hat hier am Bahnhof ein Date mit einem geheimnisvollen Unbekannten ..."

Der Bahnbeamte kam aus dem Dienstraum, schaute zu ihnen hin und brummte etwas. Gut möglich, dass er meinte, Silvia und Wolfi waren verabredet. An diesem eiskalten Novemberabend auf dem verlassenen Seewieser Bahnhof! Wie romantisch!

Der Beamte ging zum Bahnsteigrand und spuckte aufs Geleise. Zwei Lichter schimmerten im Nebel und wurden größer. Wolfi drehte sich um, weil er meinte, eine Bewegung hinter sich zu spüren. Da! Jemand huschte um die Ecke. Oder hatte er sich getäuscht?

Mit kreischenden Bremsen hielt der Zug. Ein dicker Mann im Lodenmantel sprang aus einem Waggon, hinter ihm kam eine Frau mit einem fahrbaren Koffer. Sie hatte Mühe, das Gepäckstück über die Stufen herunterzuheben. Der Bahnbeamte rührte sich nicht. Als Wolfi vortrat, um der Frau zu helfen, war es ihr schon gelungen. Sie rollte an ihm vorbei, die Räder rumpelten laut und irgendwie vorwurfsvoll.

Gerhard war jedenfalls nicht gekommen. „Der nimmt sicher einen früheren Zug", dachte Wolfi. „Außerdem, ich kann's nicht glauben, dass Gerry so was tut, Plakate abreißen."

Der Schaffner stieg nicht aus, beugte sich nur aus der Türöffnung und deutete einen Gruß an. Der Seewieser Beamte pfiff und hob seinen leuchtenden Signalstab, der Zug ruckte an.

Wolfi schaute sich um. Der Bahnhof war jetzt leer. Silvia war verschwunden. „Sie wird auf den Mann im Lodenmantel gewartet haben", dachte er. „Oder auf die Frau mit dem Koffer. Ich bin verrückt, wegen des

Plakates hier am Bahnhof herumzustehen und darauf zu warten, dass etwas passiert." Er warf einen letzten Blick auf die Wand neben dem Fahrplan und erstarrte: Das Plakat war verschwunden!

Freitag

Freitag, 24. November, 7 Uhr 57
Wolfi war spät dran. Trotzdem blieb er hier stehen. Das einzige Plakat, das die Attacken überstanden hatte, hing in der Aula. Er zog die Flugzettel aus der Schultasche. „Soll ich noch schnell mit dem Verteilen anfangen?", fragte er sich. „Nein!", beschloss er, „wenn mich Fachlehrer Samhaber erwischt, regt er sich wieder auf."

Samhaber war ein Mensch, der ständig auf etwas zu lauern schien. Das gab ihm den richtigen Kick. Das brachte seinen Blutkreislauf in Schwung. Und Wolfi war nicht gern der Anlass dafür. Allerdings: Bellende Hunde beißen nicht, heißt es. Und beim Samhaber stimmte das Sprichwort. Er regte sich gern auf, aber damit hatte es sich.

Nun kam Felix aus dem Fahrradkeller heraufgehetzt, einer, der seine Zeit noch knapper einteilte als Wolfi. Felix kam immer im allerletzten Augenblick. Er klopfte Wolfi auf den Rücken: „He, hab schon gehört, ihr steigt bald groß ins Musikgeschäft ein!"

Als Wolfi antworten wollte, hustete jemand hinter ihnen. Der Samhaber! Und bevor sie sich verdrücken konnten, nagelte er sie fest.

„Fliegende Gitarren und Pinguine und zum Schluss

noch eine kleine Nachtmusik!", sagte er und fixierte das Plakat.

„Irrtum, meine Gruppe kommt nicht zum Schluss, sondern als Erste dran", antwortete Wolfi.

„War das deine Idee, die Initialen des Komponisten zu missbrauchen, Kugler?"

„Äh, ja, nein, man könnte das auch anders sehen: Mozart ist unser Schutzpatron!" Wolfi staunte über sich selbst. Dieser Gedanke war ihm zum ersten Mal gekommen.

Felix sperrte Mund und Augen auf.

Samhaber lachte: „Ein Heiliger war der Mozart wirklich nicht, insofern passt er zu euch. Und vielleicht bringt er euch Glück. Nicht nur im Mozartjahr."

„Darf ich Sie zum Konzert einladen?" Wolfi hielt dem Samhaber einen Flyer hin und gab auch Felix einen.

Das war zumindest ein guter Tagesbeginn.

Wolfi betrat die Klasse mit einem Fächer aus Flugzetteln und wanderte stolz durch die Bankreihen. Hinter ihm hob Felix eine Hand und machte das Siegeszeichen: Das V für Victory schwebte über Wolfi.

Wolfi fühlte sich prächtig: Er hatte die passenden Worte gefunden und den Samhaber richtig behandelt, nämlich kaltblütig. Er hatte einfach die Tatsachen genannt und sich nicht von einem erwachsenen Besserwisser verunsichern lassen. Was er zu diesem

Zeitpunkt noch nicht ahnte: Der Tag würde leider nicht so gut enden, wie er begonnen hatte.

Freitag, 12 Uhr 35
„Ich hab's: Du gibst mir Unterricht in Spanisch, dafür helfe ich dir in Englisch", sagte Gusti.

Antonio war einverstanden. Er hatte Gusti nach Hause begleitet, aber vor dem Haus hatten sie umgedreht, weil ihnen noch nichts eingefallen war. Und dann hatte Gusti ihn heimbegleitet. Nach dem vierten Mal Umkehren hatte Gusti die Superidee. Niemand würde sich darüber lustig machen.

Antonio war der Liebling aller weiblichen Wesen, Lehrerinnen eingeschlossen, aber die Buben ließen den Gastschüler links liegen, weil er dem Seewieser Fußballklub „U 10" nicht beitreten wollte. Die elf Buben der 3a hätten einen Ersatztormann brauchen können. Auch wenn der anstatt okey-dokey oder gebongt „claro, hombre!" sagte.

Sie hänselten Antonio, indem sie ihn Zorro nannten. Doch er lächelte freundlich und erklärte, dass Zorro für alle Mexikaner ein Held sei und dass er nichts dagegen habe, Zorros Nachfolger zu sein. Trotz der ringförmigen Fettschicht um seine Leibesmitte. Und auf einem Pferd sei er auch noch nie gesessen!

Gusti freute sich, dass Antonio gerade sie als

Freundin mochte. Es hatte sich gleich am ersten Tag ergeben – Freundschaft auf den ersten Blick! Man konnte Klartext mit ihm reden. Über alles! Über die Familie, die Schule, über Bücher und Filme, über die EU und die ganze Welt. Sogar über eine Reise nach Mexiko!

Wenn man gut befreundet ist, kann man auch miteinander schweigen. Nach der Superidee schwiegen Gusti und Antonio, bis ihnen wieder die Plakate einfielen. In den Pausen war heute darüber diskutiert worden. Gustis Klasse bestand seitdem aus lauter selbsternannten Detektiven, die versprochen hatten, die Augen offen zu halten. Die Marktgemeinde Seewies am See wurde observiert: Big brother is watching you!

Jetzt fiel Gusti auf, wie spät es war. Sie waren eine Stunde lang hin und her gewandert. Antonio zückte das Handy und rief seine Tante an, die sich sicher schon Sorgen machte.

„Der hat es praktisch!", dachte Gusti. „Meine Leute müssen warten, ohne zu wissen, wo ich stecke. Das beweist: Ein Handy gehört zur Grundausstattung." Sie seufzte und verabschiedete sich von Antonio mit „Adios, amigo!". Und der kleine Zorro antwortete: „Hasta luego!"

Freitag, 13 Uhr 30
Neben Traudis Teller lag ein Zettel. Ein Strich teilte das Blatt, links prangte ein Plus und darunter als Überschrift „Was ich gerne mag", rechts ein dickes Minus und „Was ich gar nicht mag". Seit dem ersten Löffel Suppe quälte sie alle mit den Listen, die sie als Hausaufgabe schreiben sollte, und verlangte Auskunft über die Vorlieben und Abneigungen der Familienmitglieder. Gustis Sitzplatz war noch frei.

„Gemeinheit und rote Farbe", knurrte Wolfi.

„Das sind zwei Minus-Sachen", sagte Traudi. „Sag mir etwas, was du magst!"

„Rockmusik natürlich", antwortete der Opa an Wolfis Stelle, „und was mir dazu einfällt sind Kreuzschmerzen und gutes Werkzeug. Kannst du das brauchen?"

„Nein", sagte Traudi, „ich bin doch kein alter Mann."

„Ich würde links Pizza und rechts Blunzengröstel schreiben", warf Franziska ein.

„Bei mir ist's umgekehrt", sagte die Oma.

„Nicht lauter Sachen zum Essen! Papa, sag du endlich was!"

„Urlaub und Urlaubsvertretungen."

„Das kann ich doch auch nicht schreiben!", jammerte Traudi.

Jetzt polterte Gusti zur Tür herein. Das nasse Wuschelhaar umrahmte ihr Gesicht. „Es regnet", sagte sie, „und wir haben nach der Schule etwas besprechen müssen."

„Schreib Pünktlichkeit und Unpünktlichkeit hin, Traudi", bemerkte Frau Kugler und Gusti plumpste auf ihren Stuhl: „Wenn ich halt ein Handy hätt'..."

Herr Kugler winkte ab. Beim Essen solle man angenehme Gespräche führen, meinte er. Sonst verginge einem der Appetit: „Mahlzeit!"

Traudi schob Gusti den Zettel zu und flüsterte: „Hilfst du mir nachher?"

„Claro, hombre!", antwortete Gusti, aber niemand bewunderte ihr Spanisch.

Nach dem letzten Bissen sprang Wolfi auf. „Opa, holen wir jetzt den Anhänger herauf? Es wird schon so früh finster, weißt eh!"

„Ich weiß eh", brummte der Pointl-Opa. Er war zuständig für kleinere Enkel-Probleme, um Vater Kugler zu entlasten.

Wolfis Handy klingelte. Es war Andi, der Bassist. Er konnte nicht zur Probe kommen, weil eine dringende Reparatur anstand – er war Mechaniker-Lehrling. Wolfi verschob die Probe auf den Abend und verständigte die beiden Gitarristen.

Freitag, 14 Uhr 30
Wolfi ging mit Opa in den Keller. Gemeinsam

schleppten sie den Fahrradanhänger vors Haus. Die abknöpfbare Plane war völlig verstaubt. Kater Figaro sprang in den leeren Anhänger und untersuchte ihn. Er nieste zweimal. Auch unter der Plane nur Staub! Weder Mäuse noch Mäusedreck, uninteressant.

„Wie ich mir's gedacht hab!", sagte der Pointl-Opa, klappte den Zollstab zusammen und schob ihn in die Hosentasche. „Dein Schlagzeug könnte hineinpassen, mitsamt den Beckenständern und der Fußmaschine, aber die zwei großen Boxen haben nicht Platz. Und überhaupt, wenn es morgen regnet, musst du deinen Papa bitten. Schau, da ist die Abdeckung brüchig."

Wolfi hob Figaro aus dem Anhänger. Der Kater schlüpfte unter Wolfis Pullover. Er war sehr erfinderisch, wenn es darum ging, nicht nass zu werden. Das Schlagzeug durfte auch auf keinen Fall nass werden. Wolfi hatte es bereits poliert. Er überlegte: „Der Laderaum unseres Autos ist nicht größer als Opas Anhänger. Zwei Fahrzeuge sind nötig."

Seine Kollegen hatten keine Schwierigkeiten mit dem Transport: E-Bass und E-Gitarren waren flach und leicht und einfach zu tragen. Ein Schlagzeug dagegen bestand aus vielen Teilen!

Er spannte die Plane wieder über den Anhänger. Opa, der Hobbytischler, war schon in seiner Hobbytischlerei verschwunden. Wolfi hörte den Bohrer aufheulen. Er tätschelte die schnurrende Beule unter seinem Pullover. Der Kater streckte den Kopf aus dem Halsausschnitt.

„Übe ich eben allein", dachte Wolfi. Aber er war irgendwie lustlos. Zuerst hatte er sich auf die Probe gefreut, und jetzt? Er schaute zu den Berghängen hinauf. Die Schneegrenze war gesunken. Am liebsten hätte er sich verkrochen wie der Kater. Augen zu und schnurren.

Er hatte Franziska in der Früh gebeten, die grüne Silvia nach dem gestrigen Abend zu befragen. Ergebnis: Null! Silvia sei am Bahnhof gewesen, um für ihre Mutter Zigaretten zu besorgen. Und Silvia habe glaubhaft geklungen, hatte seine Schwester gesagt. Aber Franzi wusste nicht, was ihm, Wolfi, am Bahnhof aufgefallen war: „Silvia hat den Automaten gemustert, als ob sie überlegte, welche Marke sie besorgen sollte. Das ist doch hirnrissig! Wenn ihre Mutter eine Raucherin ist, dann bevorzugt sie eine bestimmte Marke. War der Auftrag ihrer Mutter also nur ein Vorwand?", dachte er. „Doch wozu sollte Silvia ein Plakat stehlen? Aus Begeisterung für die W.A.M.ROCKS? Das wäre verständlich. Oder hat sie es für jemanden anderen getan?"

Da klingelte nochmals sein Handy und Wolfi erschrak, als er die Stimme erkannte: „Hallo, Wolfi! Hier ist Silvia. Franziska hat mir deine Nummer gegeben. Sie hat gesagt, dass ihr heute Probe habt. Generalprobe. Darf ich mit ein paar Freundinnen zuhören kommen?"

Wolfi schluckte. „Erstens ist unser Probenlokal sehr klein, zweitens proben wir erst abends. Kommt doch lieber morgen ins Konzert."

„Ach, weißt du, wir hätten für Samstagnacht eine Party geplant, die wollen wir nicht sausen lassen. Deshalb möchten wir gern heute zuhören."

„Wenn euch die Party wichtiger ist, ist mir das auch egal", dachte Wolfi. „Und auf grüne Haare steh ich nicht." Gleichzeitig fiel ihm ein, dass es ein Beweis für Silvias Unschuld war, wenn sie sich bei ihm meldete. Wenn sie aber doch etwas damit zu tun hatte, wäre es gut, ihr auf den Zahn zu fühlen. „Meine Schwester ist zu leichtgläubig gewesen", dachte er, „ich mach das selber."

„He, bist du noch dran?", fragte Silvia.

„Na gut, wenn ihr gleich kommt, hört ihr ein paar Solos von mir."

„Steil!"

„Aber zieht euch warm an, in unserem Keller ist es kellerkalt!"

„Okey-dokey! Bis dann!"

Wolfi stapfte die Kellertreppe hinunter und schaltete den Ofen auf Höchststufe. Er wollte sich warmtrommeln, bis die Mädchen kamen.

„Geh zum Opa in die Werkstatt", sagte er zu Figaro und öffnete ihm die Tür. Der Kater liebte Wolfi, verabscheute aber sein Schlagzeug.

„Ich bin wieder zu schnell unterwegs", dachte Wolfi nach der ersten Nummer und stellte das Metronom ein. Da klopfte es an der Tür. In seinem Eifer hatte Wolfi auf die Mädchen vergessen.

Franziska begleitete die erste Besucherin herunter: „Das ist Barbara!" Sie bekam einen wackeligen Hocker zugewiesen.

Wolfi brauchte ein Weilchen, um wieder in Schwung zu kommen.

Die zweite Besucherin wurde von Gusti begleitet. „Das ist Moni!"

Moni bekam den zweiten Hocker.

Die dritte Besucherin wurde von Traudi hereingeschoben. „Nicole!"

„Hi!", hauchte Nicole und lehnte sich an den Türstock. Sie wickelte eine Haarsträhne um den Zeigefinger und warf Wolfi nur einen einzigen Blick zu. Ihr glattes, blondes Haar gefiel ihm. In der Kugler-Familie wurden dunkle Krausköpfe vererbt. Er kannte keines der drei Mädchen, wie er überhaupt nicht viele Seewieserinnen kannte. Wer drei Schwestern hatte, war versorgt.

Wolfi sah, dass Nicole eine rosarote Kaugummiblase aufblies. Plopp! Und jetzt kramte sie in ihrem Beutel, holte eine silbern glänzende Feile heraus und feilte konzentriert an einem Fingernagel.

„Na, toll! Für Rockmusik interessiert sie sich

nicht", dachte er und begann wieder zu arbeiten. Die Unterbrechungen hatten ihn zermürbt.

Da klingelte sein Handy. Mist! Er machte eine entschuldigende Geste.

„Wolfi, bist du's? Hier ist nochmals Silvia. Wir warten zu dritt vor eurem Haus auf die anderen, aber sie kommen einfach nicht daher. Und wir haben schon ein paar Mal umsonst bei euch angeläutet."

Wolfi verdrehte die Augen. Worauf hatte er sich da eingelassen! „Typisch Mädchen! So was von umständlich! Wenn das meine Kollegen erfahren, lachen sie garantiert. Warum gehen meine Schwestern nicht mehr an die Tür? Oder Mama? Achja, heute ist Freitag, da hat sie ihren freien Nachmittag und verschwindet für alle unerreichbar in der Sauna. Und der Pointl-Opa hört überhaupt keine Türklingel", dachte er. Wolfi bemühte sich, seinen Ärger zu verbergen, und antwortete Silvia: „Stell dir vor, die anderen sind schon da."

Nun war das Publikum vollzählig. Im Kellerraum befanden sich ein Elektroofen, zwei Boxen mit Kabelsalat, ein Schlagzeug, ein Schlagzeuger und sechs Mädchen. Silvia, Steffi und Trixi saßen auf der schimmligen Teppichrolle, die an der Wand lag, Nicole lehnte weiterhin am Türstock. Die wackligen Hocker wackelten unter Barbara und Moni.

„Lange werden sie es sowieso nicht aushalten",

dachte er und legte los so laut er konnte. Auf einmal hatte er volle Power. „Hoffentlich geht es mir morgen auch so gut …"

Erschöpft streckte er die Beine aus, verschränkte die Hände im Nacken und blickte um sich. Nach dieser Schwerarbeit musste er sich erst wieder auf seine Umgebung einstellen. Die Mädchen waren noch da. Alle sechs! Und jetzt klatschten sie! Wahnsinn, wie gut ihm dieser Applaus tat! Ein Mega-Gefühl, viel besser, als wenn einem nur die Kollegen anerkennend zunickten!

„Das war's", sagte Wolfi. „Freut mich, dass es euch gefallen hat." Er konnte sich ein Grinsen nicht verkneifen und vergaß völlig darauf, Silvia auszufragen. Erleichtert führte er die Mädchen zur Haustür und als er ihnen nachschaute, wie sie unter den Regenschirmen davonliefen, war er zufrieden und zuversichtlich. Trotz der Plakat-Misere würde morgen alles gut gehen!

Figaro strich um seine Beine und miaute. Auf einmal merkte Wolfi, dass er hungrig und durstig war. Vielleicht hatte die Mutter einen Kuchen gebacken? Wenn nichts Süßes zu finden war, konnte er zur Oma zu gehen. Oma saß quasi an der Quelle. In ihrem Wohnhaus war die beste Bäckerei von Seewies mit angeschlossener Konditorei: Stritzingers Vanille-Krapfen waren ganzjährig ein Hit!

Freitag, 16 Uhr
Wolfi verschlang das zweite Stück Mohnstrudel. Er hatte ungeheuer viel Energie verbraucht. Gähnend schaute er zum Fenster hinaus. Täuschte er sich oder patzte es jetzt? Tatsächlich, die Regentropfen waren vermischt mit einzelnen Flocken. Ende November und schon der erste Schnee!

In zwei Stunden begann die Probe. Sollte er den Keller vorher lüften? „Es wird dringend nötig sein", dachte er, „mein Schweiß und die verschiedenen Duftnoten ... Aber zuerst hau ich mich aufs Bett." Er stapfte in seine Bude hinauf. Ihm fiel nicht auf, wie still es nebenan im Zimmer seiner Schwestern war. Sonst hätte er hineingeschaut und gesehen, dass sie friedlich vereint an drei Ersatz-Plakaten arbeiteten. Weißes Packpapier und dicke Filzstifte und drei Krausköpfe hätten Wolfi bewiesen, wie sehr Franziska, Gusti und Traudi der Erfolg der W.A.M.ROCKS am Herzen lag. Er wäre deswegen bestimmt gerührt gewesen!

Freitag, 17 Uhr 15
Wolfi stolperte beinahe über seine eigenen Beine. „Schon Viertel nach fünf!", brummte er. Er hatte fest geschlafen. „Lüften, den Ofen wieder einschalten, etwas zum Trinken bereitstellen! Mama kommt bald aus dem Hallenbad, Papa aus der Fabrik."

Er stoppte auf der Kellerstiege. Auf der untersten Stufe stand Figaro und machte einen Buckel. Sein Schwanz ging aufgeregt hin und her. Er miaute eindringlich. „Ist etwas mit dem Opa?", durchzuckte es ihn. Wolfi öffnete die Tür zur Tischlerwerkstatt.

Opa schlief! Den Hobel auf den Knien, den Nacken auf der Werkbank, den Mund offen. Ein friedvoller Anblick! Und wie gleichmäßig er schnarchte! Der Kater drückte sich miauend gegen Wolfis Beine.

„Psst!", flüsterte Wolfi, „lassen wir ihn schlafen. Komm, Figaro!"

Er sah, dass die Tür zum Probenraum nicht ganz geschlossen war. „Hab ich vergessen, sie zuzumachen?", fragte er sich und stieß sie auf. Ein kalter Luftzug wehte vom offenen Fenster her. „Brrr!, lüften brauch ich nicht mehr", brummte er. Hinter ihm maunzte der Kater.

„Was ist denn, Figaro? Willst du hinaus?" Er hob den Kater ans Kellerfenster. „Schau nur, es schneit ganz grauslig!"

Figaro fauchte ärgerlich, spreizte die Beine und sprang von Wolfis Arm.

„Bist nicht gut drauf, Figa...!", sagte Wolfi, während er das Fenster schloss und sich umdrehte. Die letzte Silbe blieb ihm im Hals stecken.

Das Fell der großen Trommel war zerfetzt!

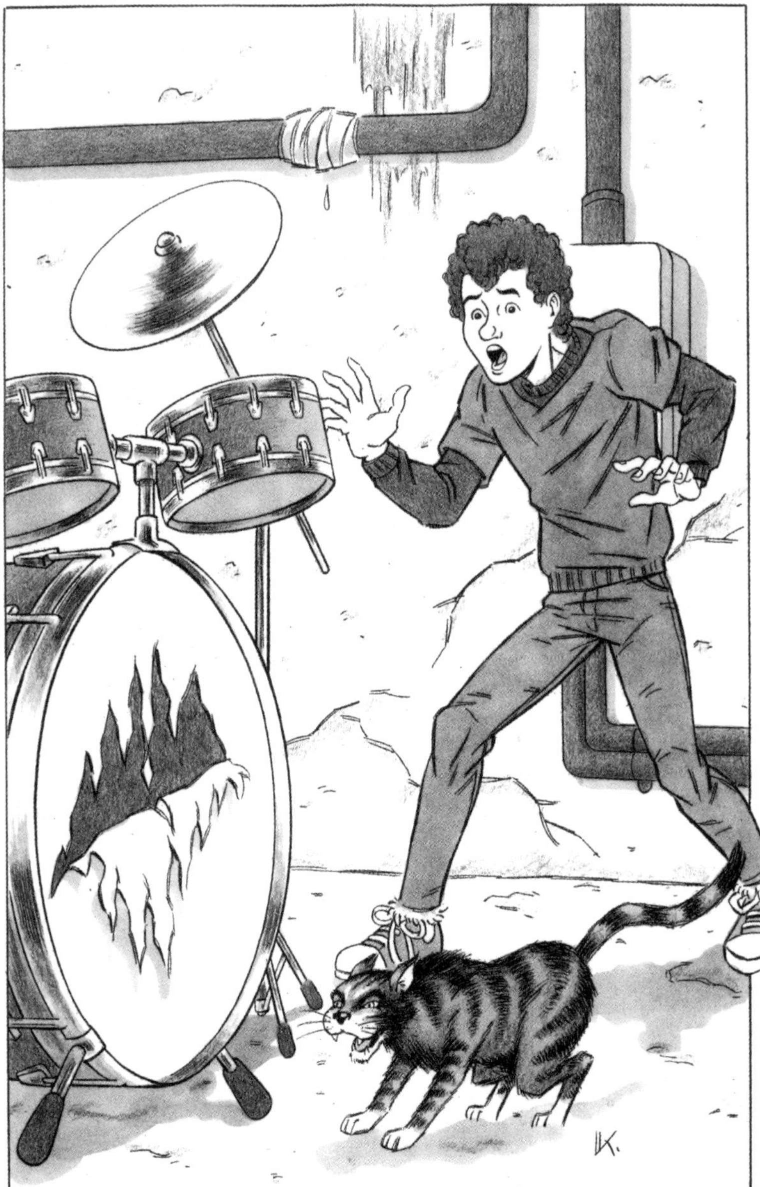

Freitag, 17 Uhr 30
„Sag, dass wir es unbedingt heute noch brauchen!", drängte Wolfi die Mutter, die in den Telefonhörer lauschte. Frau Kugler war gerade aus der Sauna gekommen und noch im Mantel, auf ihrem Haar schmolz der frische Schnee. Wolfi hatte sie mit der Hiobsbotschaft empfangen. Zum Musikgeschäft in die Stadt zu fahren dauerte ungefähr zwanzig Minuten und wenn man Pech hatte, dauerte es noch länger. Der Verkehr staute sich um diese Tageszeit wegen der vielen Pendler.

Herr Kugler kam nach Hause und wurde von drei aufgeregten Stimmen überfallen. Seine Töchter standen auf der Stiege und erzählten gleichzeitig, was im Keller passiert war. „Papa, der Figaro weiß, wer's war!", schrie Traudi.

Der Vater schüttelte ungläubig den Kopf und tat einen tiefen Schnaufer. Er legte Wolfi den Arm um die Schultern und schaute in das besorgte Gesicht seiner Frau.

„Gib mir den Autoschlüssel, Luise", sagte er nur. „Auf geht's, Wolfi!"

Auf der Fahrt durch das Schneegestöber sprachen Vater und Sohn wenig. Wolfi schob die Hände unter seine Schenkel, wippte ungeduldig und zog den Schleim in der Nase hoch. Nein, er weinte nicht! Die Heizungsluft war schuld, dass seine Nase lief. Als sie vor dem Geschäft parkten, war es genau 17 Uhr 59.

Der Musikalienhändler verlangte Barzahlung. Herr Kugler kramte in seiner Geldbörse, Wolfi hatte einen Zehner mit und fischte ein paar Münzen aus der Hosentasche. Zum Glück brachten sie den Betrag für das beste Trommelfell, das derzeit auf dem Markt zu haben war, zusammen. Ein anderes Fabrikat hatte der Mann nicht lagernd. Hinter ihnen sperrte er die Tür ab, ein Metall-Rollo rasselte herunter.

Auf der Rückfahrt telefonierte Wolfi mit seinen Freunden. Die Musiker saßen bereits in der Kugler-Küche und aßen belegte Brote.

„Wir jausnen gerade mit dem Inspektor Obermoser", sagte Andi, der Bassist, mit vollem Mund.

„Was? Die Polizei ist da?", rief Wolfi.

„Gusti hat angerufen und der Herr Inspektor ist sofort gekommen."

„Wir kommen auch gleich."

Freitag, 18 Uhr 45
Inspektor Obermoser zückte wieder Block und Stift. Er war von Frau Kugler ebenso verköstigt worden wie die Rockmusiker, die jetzt im Keller ihre Instrumente anschlossen und stimmten und auf den Schlagzeuger und das neue Trommelfell warteten.

„Wir haben schon ausgesagt. Du bist der Geschädigte, Wolfi", sagte Gusti. „Du musst jetzt sagen, ob du Anzeige erstattest."

„Den Keller hat der Herr Inspektor auch besichtigt und sich gewundert, dass außer der großen Trommel nichts zerstört worden ist", sagte Franziska.

„Aber Fingerabdrücke hat er keine genommen", sagte Traudi, „wieso gibt es in Seewies keine Spurensicherung so wie bei denen im Fernsehen?"

Inspektor Obermoser verdrehte die Augen und griff nach dem Mostglas.

Herr Kugler wusste sofort, was das bedeutete: „Franzi, Gusti, Traudi – für euch ist jetzt Sendepause. Wenn ihr hier bleiben wollt, dann heißt es Mund halten. Wolfi ist dran."

Die Schwestern murrten. Frau Kugler schenkte noch zwei Gläser Most ein und sie und ihr Mann stießen mit dem Inspektor an. Die Oma verweigerte.

„So, machen wir weiter: Das Fell hab ich sichergestellt. Wie groß ist der Sachschaden? Was hat das neue Trommelfell gekostet?", fragte der Inspektor Wolfi.

„55 Euro. Und ich möchte das alte Fell unbedingt zurückhaben, Herr Inspektor."

„Ganz schön geschmalzen, der Preis! Seid ihr versichert?"

Wolfi schaute seinen Vater an. „Die Band nicht."

„Wir haben eine Hausratsversicherung und ich nehme an, dass das Schlagzeug zum Hausrat zählt",

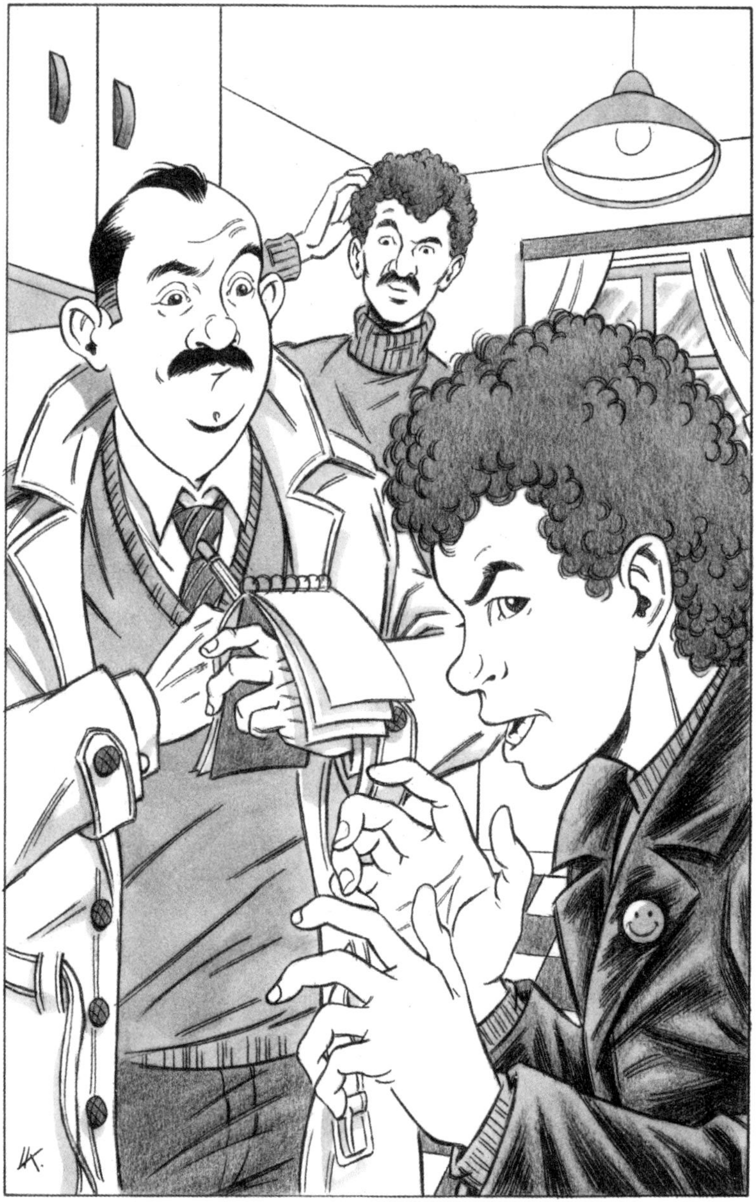

sagte Herr Kugler, „aber ich werde vorsichtshalber unseren Versicherungsmann fragen."

„Ja, klären Sie das bald. Und was sagst du selbst dazu, Wolfi?"

Wolfi druckste herum. Er hatte sich nicht hinsetzen wollen und stand neben dem Vater. Den Sack mit der Aufschrift „Best Sound" hielt er mit beiden Händen fest. „Ich weiß nicht, wieso da einer herumläuft und in eine Trommel sticht! Also, ich muss das neue Fell einspannen. Und ausprobieren. Morgen ist das Konzert. Kommen Sie auch, Herr Inspektor?" Der Plastiksack raschelte.

„Ja, wenn es sich machen lässt, gern, sonst schicke ich eine Vertretung."

„Iss endlich was, Wolfi", ermunterte die Oma ihren Enkel.

„Ich hab keinen Hunger, Omi, ich ess nachher."

„Es gibt also niemanden, dem du das zutraust?", hakte der Inspektor nach.

„Nein. Ich mag nicht sagen, der Gerry könnt's gewesen sein oder jemand aus meiner Schule, weil es dafür überhaupt keinen Grund gibt. Und die Silvia, die ich gestern Abend am Bahnhof gesehen hab, die war mit ihren Freundinnen heute bei mir im Keller und es hat ihnen gut gefallen. Sie haben alle, äh – applaudiert. Da wird doch nicht eine von ihnen nachher – nein! Außerdem hab ich die Mädchen zum Schluss an die Haustür begleitet, und dann ..."

„Die Namen der sechs Mädchen habe ich notiert, lauter Verehrerinnen, was? Beneidenswert! Bist du anschließend gleich wieder in den Proberaum gegangen?"

„Nach dem Spielen war es vier. Und wie ich aufgewacht – äh, wie ich wieder in den Keller gegangen bin, war es Viertel nach fünf."

„Mehr als eine Stunde Zeit für den Trommelschlitzer!", sagte Herr Kugler.

„In der Zeit hätte man das gesamte Schlagzeug aus dem Keller räumen können", brummte der Inspektor.

„Unbemerkt! Weil in diesem Haus kein Mensch Ohren hat! Und wahrscheinlich war die Haustür nicht versperrt, das ist bei uns so der Brauch", sagte Frau Kugler. Sie schien ziemlich verärgert.

„Wenn ich dageblieben wäre, hätte ich den Übeltäter bestimmt erwischt", murmelte die Oma, „leider bin ich vorher heimgegangen, Herr Inspektor."

„Ich hab nichts gemerkt!", meinte der Pointl-Opa. „Bei der Arbeit in der Werkstatt, wissen Sie, da lässt man sich nicht ablenken. Ich bastle an einem Geschenk. Bis Weihnachten soll es fertig sein ..."

„Keiner hat was gesehen und keiner hat was gehört", sagte der Inspektor Obermoser und steckte den Block weg. Er stand auf. „Danke für die Bewirtung, Frau Kugler! Nur noch eine letzte Frage, Herr Kugler, wo kaufen Sie denn diesen guten Most?"

Herr Kugler lachte: „Das ist unser Geheimnis."
Dann nahm er einen großen Schluck und wischte sich über den Schnurrbart.

Wolfi begleitete den Inspektor zur Haustür und verschwand eilig im Keller.

„Die Polizei im Haus! Das hat es noch nie gegeben, seit ich lebe!", sagte die Oma, sobald der Inspektor die Küche verlassen hatte. „Wenn der Wolfi bei der Blasmusik wäre wie du früher, Edi, dann wäre das alles nicht passiert!"

Ihr Sohn schmunzelte: „Aber geh! Für Marschmusik ist der Wolfi nicht zu haben. Und meine Pauke hätte genauso zerfetzt werden können. Man braucht nur das geeignete Werkzeug dazu."

„Etwas Spitziges", sagte die Oma und betrachtete die Zinken ihrer Gabel. Dann verabschiedete sie sich.

Frau Kugler stapelte das Geschirr. Ein Speckbrot lag noch auf der Platte. Figaro interessierte sich dafür. Herr Kugler zog ihn zurück.

„Das ist zu scharf für dich, mein Freund!"

Figaro zeigte seine Krallen, die idealen Mäusefänger. Er war nicht angewiesen auf Sandwich und Co. Seine nächtliche Nachspeise wurde im Keller serviert. Aber für diese Nacht war ihm das Jagdrevier verleidet.

Freitag, 21 Uhr
Das Kugler-Haus war klein, doch es hatte viele Fenster. Und alle leuchteten sanft in die Dunkelheit hinaus. Die Probe im Keller war in vollem Gange. In der Küche saß das Ehepaar Marie-Luise und Eduard Kugler und besprach Finanzprobleme. Nebenan dröhnte der Fernseher für den Pointl-Opa und Figaro. Und im ersten Stock berieten drei Schwestern, wie sie morgen früh vorgehen wollten. Drei wunderschöne neue Plakate warteten auf ihre Hängung an strategisch wichtigen Punkten in Seewies am See. Als letzter Versuch!

„Der Antonio will auf jeden Fall dabei sein", sagte Gusti, „und die anderen von meiner Klasse organisieren sich selber. Gut, dass der Samstag schulfrei ist."

„Von meiner Klasse kommen Anna und Sabrina, vielleicht auch Wilfried aus der ersten HS", sagte Traudi. „Der Wilfried hat einen großen Bruder, der leiht ihm das Skateboard. Dann ist er schneller bei uns."

„Zum Aufhängen brauchen wir keine Hilfe, aber es müssen den ganzen Tag Patrouillen herumgehen und melden, wenn ihnen etwas Verdächtiges auffällt", sagte Franziska.

„Einer macht Telefondienst, der wird dann zu Mittag abgelöst, und der Nächste muss durchhalten bis zum Beginn des Konzerts", sagte Gusti. „Und alle tauschen die Handy-Nummern aus. Und –"

Pling!

Die Schwestern hörten das Pling und erschraken. Es klang wie ein Stein an einer Fensterscheibe. Es war auch ein Stein! Gusti öffnete das Fenster.

„Hallo! Ist da jemand?"

„Hola! Ich bin's!"

„Antonio! Warte, ich mach dir auf, wir haben gerade eine Lagebesprechung!"

Gusti konnte sehr leise sein, wenn es notwendig war. Herrenbesuch nach 20 Uhr hatte sie noch nie gehabt. Wer weiß, wie Eltern in so einem Fall reagierten!

Zu viert beratschlagten sie weiter. Antonio hatte beobachtet, dass im Seewieser Jugendtreff heute besonders viel los war. Das Lokal war vor kurzem für die Pfarrjugend eingerichtet worden und ein Zivildiener machte dort stundenweise Aufsicht, abwechselnd mit dem Kaplan. Es gab einen Internet-Anschluss für Neandertaler, die so etwas daheim noch nicht hatten, und einmal die Woche Disco-Musik. Jeden Freitagabend war Pfarrdisco angesagt. Der Zivi war dann DJ und genoss es, angehimmelt zu werden.

Diese Informationen kamen von Franziska. Sie wusste Bescheid, eine Zeitlang war der Zivi tägliches Gesprächsthema in ihrer Klasse gewesen. Aber sie selber kannte ihn nur vom Hörensagen, denn Herr Kugler hatte für seine Töchter besondere Regeln aufgestellt und eine davon lautete: Disco-Besuch erst mit 14 Jahren.

„In genau 17 Monaten und zwölf Tagen bin ich vierzehn. Und diesen Geburtstag feiere ich bestimmt in der Disco!", sagte Franziska.

„Sind wir dazu eingeladen?", fragten ihre Schwestern.

„Das muss ich mir noch überlegen!"

Antonio hatte keine Ahnung, was sich im Jugendtreff abspielte, aber die Wohnung seiner Tante lag im Haus gegenüber dem Disco-Eingang. Und weil er irgendwie unruhig gewesen sei, habe er die Straße beobachtet und gesehen, wie folgende Personen in der Disco verschwanden: zwei unbekannte Mädchen, die er für Zwillinge gehalten hatte, danach drei Burschen, der Größte von ihnen trug einen Rucksack, eine Gruppe von vier Mädchen, die schon auf dem Gehsteig johlten und lachten, dann ein einzelnes Mädchen, wieder ein Bursche mit und einer ohne Rucksack und zum Schluss die grüne Silvia.

Wenn sich die Tür öffnete, sei ein Mix aus Musik und Gelächter über die Straße zu ihm herübergeschwappt. „Und weil die grüne Silvia zu den Verdächtigen zählt", sagte Antonio, „hab ich gedacht, ich melde es euch."

„Das war super, Antonio", sagte Franziska. „Du und ich, wir gehen jetzt sofort dorthin und horchen uns um."

„Was? Ohne uns?", riefen Gusti und Traudi. Aber sie mussten einsehen: Franziska war eben die Große! Außerdem, sie konnten doch nicht alle davonschleichen, das wäre zu auffallend gewesen!

Die Treppe knarrte verräterisch. Franziska und Antonio gelang es trotzdem, das Haus zu verlassen, ohne daran gehindert zu werden, weil am Küchentisch schwerwiegende Finanzprobleme besprochen wurden. Einen Kredit aufnehmen oder nicht?, das war die Frage. Die alte Familienkutsche war nur für fünf Personen zugelassen. Und das Pickerl lief zu Silvester ab.

Freitag, 21 Uhr 30
Über dem Eingang klebte ein lilafarbener Neon-Klammeraffe. Die Jugendlichen vergnügten sich in der Internet-Disco.

„Wolfi kennt den Zivi, der heißt Klaus", sagte Franziska, „von seinem Papa hat unser Papa Wolfis Schlagzeug gekauft."

„Zivi", murmelte Antonio verwirrt, „bei uns sagt man DJ."

Sie sahen durch die Fensterscheiben. Vorhänge gab es keine, die Pfarrjugend hatte nichts zu verbergen. Das Licht der Bildschirme erhellte die Gesichter. An der rückwärtigen Wand hantierte DJ Klaus, Zivildiener, Pfarrhelfer und Rettungswagenbeifahrer, ein begabter junger Mann. Auf der Tanzfläche verrenkten sich drei Pärchen.

„Kennst du jemanden außer der grünen Silvia?", fragte Antonio.

„Ja, der Lange dort ist der Sieger im Skateboard-Wettbewerb. Du, Antonio, vielleicht ist das der, der mit Traudi gesprochen hat?"

Silvia sagte dem Burschen gerade etwas ins Ohr. Daneben umarmten sich zwei in Jeanshosen und Jeansjacken. Zwei Jungen? Zwei Mädchen? Oder doch gemischt?

„Jetzt küssen sie sich", sagte Franziska, „ich glaube, die gehen beide in die Vierte."

„Ist Küssen in Österreich verboten?", fragte Antonio.

Franziska krächzte etwas Unverständliches.

„Du, schau, die Blonde in der Ecke steht nur herum und kaut am Trinkhalm", sagte Antonio.

„Ich glaub', das ist – Achtung, der Lange!", flüsterte Franziska und drängte Antonio ums Hauseck.

Zwei Sekunden später ging die Tür auf. Der Lange stellte den Rucksack auf den Gehsteig und holte das Skateboard heraus. Geschwind griffen vier Hände nach dem Rucksack, zerrten die Öffnung auseinander und wühlten darin herum. Die vier Hände gehörten Franziska und Antonio. Das Ganze geschah so überraschend, dass der Bursche wie festgenagelt mit einem Fuß auf dem Brett stehen blieb und den wühlenden Händen zusah.

Erst als ein gefaltetes Papier herausgezerrt wurde, erst als es auseinandergefaltet auf dem Boden lag und man lesen konnte, was darauf stand, bewegte sich der Skater. Schon rollte er die Straße entlang. Den Rucksack hatte er zurückgelassen. Franziska machte einen Satz, stolperte über Antonio, der neben dem Plakat hockte, und landete auf den Knien. Aua! Sie rappelte sich wieder auf und fing an zu laufen.

Antonio starrte ihnen nach. Den Flüchtenden sah er nicht mehr, nur Franziska, die kleiner und kleiner wurde und im Nebel verschwand.

„Die grüne Silvia!", sagte Antonio zu sich selbst. Er stopfte das Plakat zurück in den Rucksack, nahm ihn am Riemen und drückte die Tür zur Disco auf.

Freitag, 21 Uhr 30
„Wie, bitte?", fragte Silvia. Sie stand mit Antonio vor den Lautsprechern und beugte sich zu ihm hinunter. Fünfzehn Zentimeter betrug der Unterschied zwischen dem Mexikaner und der langbeinigen Seewieserin. Die Verständigung war wegen der Musik fast unmöglich.

Es war zum Verzweifeln: Silvia erinnerte sich weder an einen Burschen mit Rucksack noch an ein

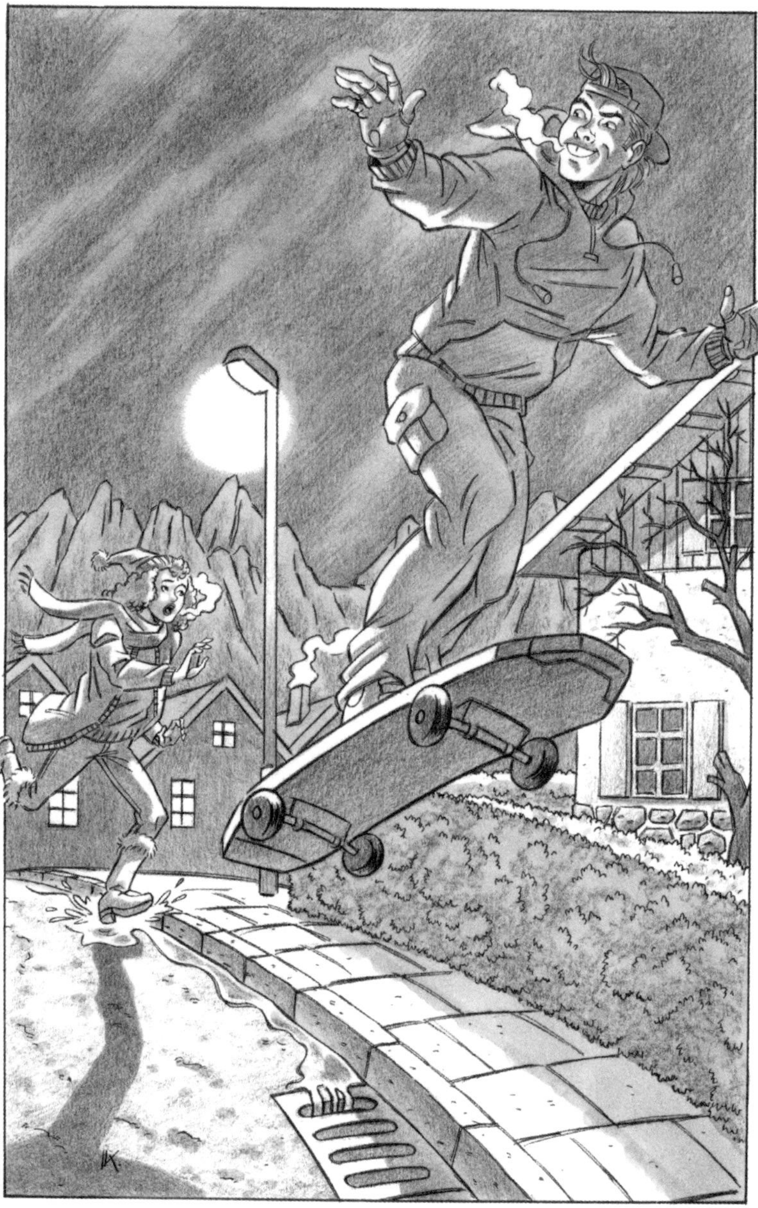

Plakat am Bahnhof. Antonio sprach perfekt Deutsch und stellte ihr die richtigen Fragen, trotzdem bekam er nichts aus ihr heraus. Sie fuchtelte mit beiden Händen vor Antonios Nase herum und lachte.

Hören konnte er Silvias Lachen nicht, nur sehen, denn der DJ hatte die Lautstärke erhöht. „Absichtlich!", wie Antonio annahm. Jetzt konnte er nur hoffen, dass Franziska den „Langen" erwischt hatte oder dass sie zumindest ohne ihn bald zurückkam und die grüne Silvia nicht vorher die Disco verließ. „Absichtlich, natürlich!", dachte er wieder, „falls sie etwas zu verbergen hat. Den DJ hat sie so angelächelt ... Ich lade dich auf einen Drink ein!", schrie er in Silvias Ohr.

„Okay, Zorro, aber Tequila gibt's hier keinen!"

Selbstbedienung mit einem Blechteller fürs Wechselgeld fand Antonio praktisch. Er zählte die Münzen ab, Silvia öffnete eine Dose. „Prima", dachte er, „jetzt bleibt sie mir wenigstens noch für ein paar Minuten erhalten." Er zählte wieder seine Münzen. Sie reichten für ein zweites Getränk.

Niemand beachtete ihn und seine Gesprächspartnerin. Er schaute sich vergeblich nach der gelangweilten Blondine um. Die Musik wechselte von Techno zu Austro-Pop und Hip-Hop. Der Rock'n' Roll fehlte.

Jetzt schlüpfte Franziska zur Tür herein, leider ohne Skater. Sie schüttelte den Kopf, als sie Antonio entdeckte. Er seufzte tief. Noch ein Schluck aus der Dose und er gab sie an Franziska weiter. Dann drehte er sich nach Silvia um. – Die verschwand gerade hinter dem Musiktresen. In Augenhöhe sah Antonio ein Schild mit einem Pfeil: WC

Claro! Im Kino verschwanden die Flüchtigen meistens durchs Klo oder durch eine Hintertür! Franziska hatte denselben Gedanken, sie fasste ihn an der Hand. Beide drückten sich hinter dem DJ an der Wand entlang und kamen in einen engen Gang. Dort roch es nach einer Mischung aus Putzmitteln und Maiglöckchen.

Sollten sie hier warten? War Silvia wirklich auf dem Klo? Eine Hintertür entdeckten sie nicht.

Die Wasserspülung gurgelte. Aus dem Lokal kam das Pochen des Basses und ein ruckartiger Sprechgesang. Englisch? Deutsch?

Franziska zeigte auf die Tür mit der Aufschrift „Ladies first" und Antonio nickte. Und er sollte das Männerklo untersuchen? Nein – Silvia war eindeutig eine Lady!

Bevor Franziska auf die Klinke drückte, ging die Tür auf und die Zwillinge kamen heraus. „Tatsächlich", dachte Antonio verblüfft, „Zwillinge unternehmen alles zu zweit." Sie sahen einander unheimlich ähnlich. Antonio kam sich unsichtbar vor. Sie stelzten an ihm und Franziska vorbei den Gang entlang. Weg waren sie. Als ob sie sich in der Musik aufgelöst hätten. Franziska und Antonio schauten einander an.

„Es hätte eh keinen Sinn gehabt, die zwei nach Silvia zu fragen", sagte Franziska, „man kann doch nicht zu dritt in einem –", sie runzelte die Stirn. Gab es vielleicht mehrere Damen-Kabinen? „Warte!", sagte sie und verschwand im Maiglöckchenduft. Als sie herauskam, hatte sie die grüne Silvia an ihrer Seite. Das heißt, Franziska stützte Silvia. Und Silvia war nicht nur auf dem Kopf grün, sondern auch im Gesicht.

„Ihr ist schlecht", sagte Franziska.

„Und? Kannst du dich jetzt an irgendwas erinnern?", fragte Antonio.

Silvia wackelte stumm mit dem Kopf.

Danach ging alles sehr schnell. Franziska rief bei Silvias Mutter an, die kam nach drei Minuten und regte sich kein bisschen auf. Sie hatte karottenrote Locken und sagte nur: „Abtransport!"

Dann standen Antonio und Franziska vor der Disco. Erfolglos! Der Skater war entwischt, Silvia hatte nicht geredet. Aber wenn ihre Übelkeit nur vorgetäuscht war?

Da fiel Antonio der Rucksack ein. Er zerrte ihn von der Schulter. Wieder entfalteten sie das gelbe Plakat. Kein Zweifel, es war das Bahnhofsplakat. Und ihre Theorie lautete: Silvia hatte es gestern Abend abgenommen und heute dem langen Skater übergeben. Warum?

Über diese Frage grübelte Franziska auf dem Heimweg. Für Antonio war er kürzer: Antonio wohnte auf der anderen Straßenseite.

Samstag

Samstag, 25. November, 9 Uhr
Diesen Samstag ging es beim Frühstück nicht so gemütlich zu wie sonst. Frau Kugler, im himmelblauen Bademantel und ohne Frisur, musste sich zuerst alles über Franziskas nächtlichen Ausflug mit Antonio anhören. Dann wurde sie von den Töchtern in die neueste Plakat-Aktion eingeweiht.

Wolfi kam in die Küche. Nicht im Pyjama, sondern ausgehfertig. Sogar mit gegeltem Haar.

„Wow!", sagten die drei Schwestern.

Wolfi hatte Figaro im Arm. Der Kater sprang hinunter und suchte schleunigst sein Schüsselchen. Es war voll: In diesem Haushalt gab es für einen Kater keinen Grund zur Klage.

„Was hat denn heute in der Nacht so gerumpelt?", fragte Frau Kugler, „ich bin davon aufgewacht. Es war halb eins."

Die Kinder schauten einander an. Halb eins! Die Mutter hatte also nicht Franziska gehört, denn nach Mitternacht war sie längst im Bett gelegen. Sie war um halb elf heimgekommen und zu Wolfi in den Keller hinuntergerannt, wo die Musiker beim Aufräumen waren, und hatte Bericht erstattet.

Aber keiner fand, dass man sich aufregen sollte.

Ein gefaltetes Plakat? Ein rollender Skater? Eine kotzende Silvia? Alle waren müde, wozu sich noch länger den Kopf zermartern? Wie sagte Wolfis Großmutter immer: Morgen ist auch noch ein Tag. Genau.

Franziska hatte das komisch gefunden.

Dann hatte sie Gusti und Traudi von der Disco erzählt, von der Verfolgungsjagd und von der grünen Übelkeit. Die beiden hörten aufgeregt zu. Und während es draußen wieder zu schneien begann, lagen sie in ihren Betten und konnten lange nicht einschlafen. Kurz vor Mitternacht hatte Franziska noch einmal auf die Uhr geschaut. Und keine hatte im Tiefschlaf etwas rumpeln gehört. Ein Dreibettzimmer zwingt zu gleichen Schlafgewohnheiten.

„Ach das, Mama", sagte Wolfi, „ich bin nur am Geländer angestoßen."

„Mitten in der Nacht? Und womit bist du angestoßen?"

„Mit der Trommel."

„Mit der Trommel?"

„Ja, ich hab von einem Einbrecher geträumt und bin aufgewacht und da hab ich mir gedacht, dass ich sie lieber zu mir ins Zimmer herauftrage, damit ihr nichts passiert."

Frau Kugler fragte nicht weiter, sie goss sich eine zweite Tasse Tee ein. „Die große Trommel neben

Wolfis Bett! Oder im Bett? Gut, wenn das Konzert endlich vorbei ist!", dachte sie.

„Du hättest dir ja den Schlafsack in den Keller tragen können, Wolfi", sagte Gusti.

„Nein, im Schlafsack hat der Figaro geschlafen, ich wollte ihn nicht wecken."

In diesem Augenblick kam Herr Kugler mit seiner Mutter zur Tür herein und alle freuten sich über das frische Gebäck, das er vom Einkauf mitbrachte.

Der Pointl-Opa stieg aus dem Dachgeschoss herunter, er hatte den Brotduft gerochen. Seine Nase funktionierte noch tadellos.

Samstag, 9 Uhr 30
Sie hatten vergessen, ihren Bruder zu fragen, warum er so gestylt zum Frühstück erschienen war und warum er einen fremden Rucksack schulterte, bevor er das Haus verließ. Hätten sie aber tun sollen, denn dann wäre vielleicht eine von ihnen auf die Idee gekommen, ihm nachzuschleichen. Und dann hätte man vielleicht schon eher gewusst, wer ...

Aber so ist es eben mit dem Zufall und mit der Vergesslichkeit und der Unaufmerksamkeit.

Manchmal ist der Zufall gemein. Er schwindelt einem etwas vor und man freut sich zu früh. Oder es gibt einen Zufall, der enttäuscht einen so tief, dass man schwört, sich nie wieder auf einen Zufall zu verlassen.

Wolfi ließ das Fahrrad stehen. Er hatte seine besten Jeans an und das Rad war verdreckt und nass. Er kontrollierte das Display seines Handys – keine SMS und kein Anruf in Abwesenheit. Seine Abwesenheit war nur kurz gewesen: der morgendliche Klobesuch. Das Klo war der einzige Ort, wo das Handy nichts zu suchen hatte. Es gab zwar keine Geruchsübertragung (noch!), aber trotzdem, Wolfi wollte ungestört sein ...

Es hätte ja sein können, dass sie nochmals anrief. Gestern Nacht hatte er gerade die Trommel neben sein Bett gestellt und mit einer Decke zugedeckt, da klingelte sein Handy. Figaro hatte ein Auge geöffnet und war dann tiefer in den Schlafsack hineingekrochen.

Auf dem Display war eine Nummer erschienen, die Wolfi nicht zuordnen konnte. Sie gehörte der grünen Silvia. Ein Mädchen rief ihn mitten in der Nacht an!

Silvias Stimme klang anders als am hellen Tag. Sie klang lockend und geheimnisvoll, vielleicht, weil Wolfi sie im Dunkel der Nacht hörte. Dabei hätte sie doch eher schwach und krank klingen sollen, nachdem, was Franziska ihm erzählt hatte! Er wollte fragen, wie es ihr gesundheitlich gehe. Aber Silvia ließ ihn gar nicht zu Wort kommen, sondern sagte, sie hätte ihm etwas Wichtiges mitzuteilen und schlug ihm für Samstagvormittag ein Treffen am Brunnen des Europa-Parks vor.

Samstag, 9 Uhr 40
Hier stand er nun, zwanzig Minuten zu früh. Es war sein erstes Date und er wollte auf keinen Fall zu spät kommen.

Was er sich erwartete? Aufklärung über das Trommel-Attentat und noch etwas – etwas Kompliziertes, das mit Zuneigung und Anziehung zu tun hatte. Ihm fiel im selben Moment auch die blonde Nicole ein, die am Türstock gelehnt war. Ganz schön viel für den Anfang! „Die grüne Silvia", überlegte er, „was weiß sie genau? Sie hat mit dem Ganzen zu tun, sicher! Ob sie selbst ... Aber warum?"

Er dachte daran, dass seine Schwestern mit den neuen Plakaten in Seewies unterwegs waren und dass sie genug Unterstützung hatten. Es wimmelte heute in Seewies von jungen Leuten zwischen 9 und 12 Jahren. Allerdings nicht hier im Park. Hier war gar nichts los.

Wolfi begann zu frieren. Lange Unterhosen, wie er sie jedes Jahr zu Weihnachten von der Omi bekam, passten nicht unter enge Jeans. Sie passten unter keine von Wolfis Hosen.

Er stellte den Kragen der Lederjacke auf, ein Glücksgriff vom Flohmarkt, den sein geschlachtetes

Sparschwein ermöglicht hatte. Die Jacke roch rätselhaft, sah aber super aus. Er hätte sie gern auf dem Konzert getragen, aber die anderen besaßen kein solches Prunkstück. Andi hatte vorgeschlagen, in gleichen Sweatern aufzutreten und Wolfis Schwestern hatten angeboten, auf Brust und Rücken W.A.M. aufzudrucken, aber dann entschloss man sich zum individuellen Outfit: Keiner sollte sich verkleidet vorkommen.

W.A.M.ROCKS würde in Zukunft auf ihren CDs stehen und das genüge, hatten sie gesagt. „Und jetzt das", murmelte Wolfi vor sich hin. „Die Plakate sind kaputt, jemand hasst uns. Die grüne Silvia ist schuld und warten lässt sie mich auch!"

Wütend blickte er auf die Uhr. Es war erst fünf Minuten vor zehn.

Der Rucksack, den ihm Franziska gestern Abend gegeben hatte, war leer. Das gerettete letzte Plakat befand sich in Wolfis Zimmer. Es war achtfach gefaltet gewesen, die Kniffe und Falten würden ihn ewig daran erinnern, dass jemand versucht hatte, diesen Auftritt unmöglich zu machen.

„Wenn ich Silvia den Rucksack gebe, dann muss sie mir alles sagen!", knirschte er.

Samstag, 10 Uhr 02
Er sah sie vor dem Kiosk am anderen Ende des Parks. Beinah hätte er sie nicht erkannt. Ihr Haar war unter einer Pudelhaube versteckt. Der Wind blies vom See her. Nordwind. Schneewind. Wellen schwappten über den Steg.

Am Kiosk stand ein magerer Bursche. Ohne Rucksack. Aber mit geschultertem Board, lang wie ein Surfbrett.

„Hat der Typ Silvia herbegleitet? Wird er auf sie warten? Steht sie unter seiner Aufsicht? Ungemütlich! Das ist sicher sein Rucksack!", schoss es Wolfi durch den Kopf.

Silvia war nur noch zehn Meter von ihm entfernt. Jetzt machte sich auch Silvias Bodyguard auf den Weg. Er begann um den kleinen Brunnen im Park zu wandern, immer in Rufweite, näher kam er nicht.

„Was ist da los?", fragte sich Wolfi, „ob es besser ist, die Polizei …?"

Aber Silvia stand schon vor ihm.

Wolfi brachte zur Begrüßung nur ein heiseres Hi! heraus. Silvia schaute sich nervös um und flüsterte dann eilig: „Wolfi, der Dominik wollte nicht, dass ich mich mit dir allein treffe. Du kannst dir eh denken, warum. Ich hab gesagt, du bringst nur den Rucksack zurück. Schnell, gib her! Du, ich verrate dir was: Es ist noch nicht vorbei!"

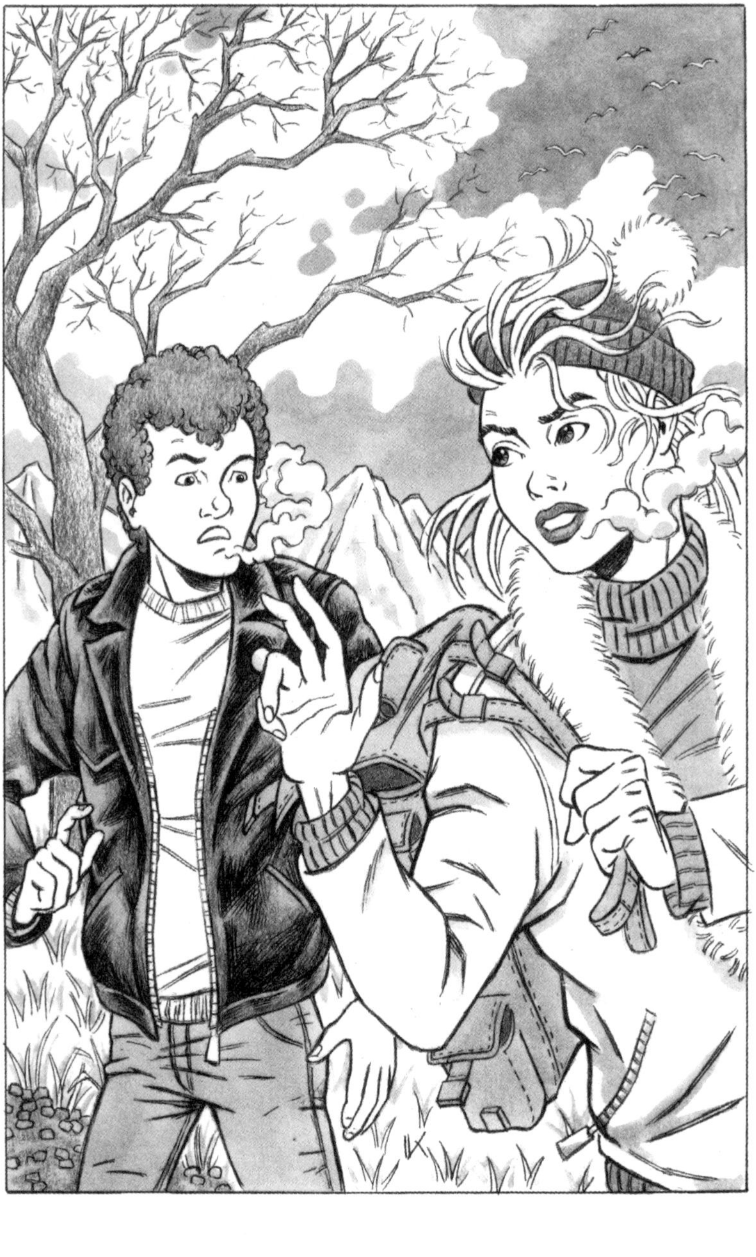

Wolfi dachte hundert Gedanken gleichzeitig. Und das war gut so. Denn hätte er nur seinen ersten Gedanken gedacht und ihn sofort ausgeführt, hätte es eine Schlägerei gegeben, einen Zweikampf, und zwar einen sehr ungleichen: baumlanger Sportler gegen mittelgroßen Musiker!

So waren Silvia und Dominik bereits auf den Stufen, die zur Straße hinunterführten, als Wolfi den Gedanken Nr. 100 zu Ende gedacht hatte. Der Skater legte sein Super-Skateboard auf den Gehsteig. Wolfi blinzelte, weil er nicht glauben wollte, was er in den Nebelschwaden sah: das Kunststück, wie zwei Personen auf einem Brett dahinrollten, sich gegenüberstehend und sich umarmend, sozusagen in einem glücklichen Gleichgewicht. Etwas wie Neid rumorte in Wolfi. Quietschend hielt ein orangeroter Bus am Bushäuschen und das Trugbild war verschwunden. Die Fantasie hatte ihm ein ideales Paar vorgetäuscht. Die Wirklichkeit: Silvia stand auf dem Brett und der Lange lief mit großen Schritten nebenher.

„Manches ist nicht Zufall", dachte er, „sondern Bestimmung. Die grüne Silvia ist also nicht für mich bestimmt. Die tut anscheinend, was dieser Skater will, und der wiederum will nichts mit mir zu tun haben. Aber warum? Und ich kenn den nicht mal. Was steckt da dahinter? Aber zumindest hat mich Silvia gewarnt. Halt! Das beweist, dass Silvia irgendwie in die Sache

verwickelt ist. Ja, aber es beweist auch, dass sie ihre Meinung geändert hat. Mit ihrer Warnung versucht sie etwas zu verhindern!"
Er war ratlos.

Samstag, 10 Uhr 20
Gusti und Antonio wollten sich die sechs „Interviews" teilen. Sechs Mädchen waren im Keller Wolfis Publikum gewesen. Als Gusti sah, wie viele aus ihrer Klasse trotz des miesen Wetters in den Straßen unterwegs waren, um aufzupassen und jede verdächtige Person sofort zu melden, wusste sie, was zu tun war.

„Wir brauchen Informationen", sagte sie zu Antonio. „Wir fragen am besten die Verwandten, die wissen immer etwas. Verwandtschaft hat jeder. Von Tür zu Tür gehen, wie das die Polizei macht, dauert zu lange. Gezielt vorzugehen, ist besser."

Für die drei Plakate waren diesmal die Anschlagtafel vor dem Gemeindeamt, die Einfahrt zur Polizeiwachstube und die Auslage der Konditorei Stritzinger bestimmt worden. Gusti hatte bereits einige Informanten in die Konditorei eingeladen. Und Antonio sollte sie ausfragen, während sie sich auf die Suche nach weiteren „Interviewpartnern" machte.

Die Runde bestand aus sieben Kindern, sechs hatten Krapfen bestellt. Die Bäckerin, selber kugelrund wie ein Krapfen, hatte ihnen den Stammtisch zugewiesen.

„In angenehmer Umgebung plaudert man leichter", hatte Gusti gesagt, als sie Antonio verließ. Und: „Es darf ihnen nicht wie ein Verhör vorkommen!" Wem sagte sie das? Antonio war ein Gentleman.

Als Erster kam Monis Halbbruder Jakob dran. Und wo Jakob war, musste auch seine kleine Schwester Hanni sein. Er schüttelte ihre Hand ab. „Lass mich los, lästige Wanze!"

„Ja und nein", sagte er dann zu Antonio, „ja, die Moni geht jede Woche in die Disco, aber nicht in die Musikschule. Wenn es dich interessiert: Sie sammelt Poster. Gibt es schon eines von den W.A.M.ROCKS?"

Jakob wurde vertröstet. Nun zählte er auf, welche Popgruppen über Monis Bett hingen und Antonio musste ihn einbremsen. Monis Charakter beschrieb Jakob als „meistens schüchtern".

Danach musste Trixis Schwester Michaela die Frage beantworten: „Welches Verhältnis hat Trixi zur Musik?"

Michaela sagte, dass Trixi und sie mit der Mama seit dem 1. November Hausmusik machten. „Barockmusik. Wir spielen Blockflöte und unsere Mama Altflöte, aber sie hat zu wenig Zeit. Nach dem Heiligen Abend werden die Flöten wieder verräumt."

Was Michaela noch aussagte: Ihre Schwester ginge

gern in die Disco. Flöte und Disco, mehr hatte Trixi anscheinend nicht mit Musik zu tun.

Konnte man sie von der Liste streichen? Antonio zweifelte. „Soll ich sie noch fragen, ob Trixi Wutanfälle hat?", überlegte er.

Das dritte Mädchen, das Wolfi applaudiert hatte, war Barbara gewesen. Sie hatte keine Geschwister, dafür einen Cousin mit Namen Kevin. Kevin hatte zuerst nicht mit zum Stritzinger gehen wollen, weil er allergisch auf Süßigkeiten war. Die zuckrige Luft mache ihn kribblig, sagte er. Als er aber in der Vitrine neben Mokkatorten und Biskuitrouladen ein Schinkensandwich liegen sah, war er bereit, über seine Kusine ausgefragt zu werden. Hauptsache kein Vanillekrapfen-Zwang!

„Ja, sie geht", sagte Kevin, „aber ohne Instrument." Dann biss er vom Sandwich ab.

„Was, ohne Instrument? Barbara geht in die Musikschule, ohne ein Instrument zu lernen? Bei uns in Mexiko ..."

Michaela unterbrach Antonio. „Die Barbara singt wahrscheinlich im Musikschulchor, stimmt's, Kevin?"

Cousin Kevin nickte und kaute.

„Und wer singt noch im Chor?", fragte Antonio streng.

„Viele: die Susanne, die Nicole, die Lisa, die Wendy, die Sophie, die ..."

„Also ein Mädchenchor", unterbrach ihn Antonio.

„Wieso? Nein, nicht ganz", Kevin biss wieder ins Sandwich, „mh, schmeckt ausgezeichnet! Ich bin übrigens auch dabei."

Ach so, Kevin war Chormitglied! Endlich kannte man sich aus.

Kevin war einer von vier Sängerknaben. Man durfte die Namen der singenden Kollegen nicht verraten, war ausgemacht. Singen sei unmännlich, sagte Kevin und schluckte hinunter.

„Unmännlich?", staunte Antonio. „Bei uns in ..."

Da stürmte Gusti in die Konditorei und setzte sich atemlos an den Stammtisch. Frau Stritzinger brachte ihr sofort einen Krapfen. Kinder waren ihre liebsten Gäste.

„Kevin, was singt ihr für Lieder in eurem gemischten Chor?", fuhr Antonio fort. Gusti kam die Frage sonderbar vor. Sie biss in den Krapfen.

Da klingelte Antonios Handy.

Es war Franziska: „Ja, es ist alles in Ordnung. Ich stehe vor dem Gemeindeamt und Traudi vor der Wachstube auf der anderen Seite des Marktplatzes, heute ist da wenig los, weil es so kalt ist."

„Bei uns gibt es auch nichts Neues, tut mir leid!", sagte Antonio abschließend und griff nach einem Krapfen.

Gusti machte für ihn weiter.

Kevin ließ sich Zeit. Er entfaltete die Serviette und betupfte damit seine Lippen. Was die alles wissen wollten! Das Chorprogramm sollte er aufsagen? Also gut. „Ja, nicht nur Volkslieder, auch Songs aus amerikanischen Musicals und rockige Sachen. Aber irgendwie klingen die nie ganz echt", sagte Kevin. Er machte ein nachdenkliches Gesicht. „Nicht so wie im Radio, wenn ihr wisst, was ich meine."

Alle nickten und leckten sich die klebrigen Finger ab.

„Ihr habt nicht die Originalmusik, nicht so wie beim Karaoke?", fragte Antonio.

„Nein", sagte Kevin, „Karaoke wird an unserer Musikschule nicht unterrichtet."

„Dauert das noch lang, das Interview?", fragte die Jüngste in der Runde. Es war Steffis Schwester Angelika. Sie hatte ihre Freundin Teresa mitgebracht. „Wir müssen bald heim, Teresa ist nämlich heute bei uns eingeladen. Und am Abend gehen wir ins Konzert, die Steffi auch. Sie ist unmusikalisch, aber sonst ist sie lieb", sagte Angelika. Freundin Teresa nickte.

„Grantig wird sie nur bei zu viel Hausübung", bemerkte Angelika. Ihre Freundin nickte wieder.

Für Steffis Hausaufgabenwut hatte Gusti Verständnis. „Hast du was herausgefunden, Antonio?", fragte Gusti.

Antonio schüttelte den Kopf.

Samstag, 11 Uhr 15
Franziska verließ den Markt und ging durch die

Salzlagergasse zur Brücke hinüber. Ihr war kalt geworden.

Von der Rindbachkreuzung her rannte ein Bub und winkte schon von weitem. Wilfried, der Bruder des besten Skaters von Seewies, endlich jemand, den sie nach der grünen Silvia fragen konnte! Franziska hatte versucht, sie zu erreichen, aber Silvias Handy war nicht auf Empfang gewesen. Am Festnetz wollte sie nicht anrufen, um Silvias Mutter nicht zu belästigen. Vielleicht hatte sie ohnehin, wie manche Mütter, keinen Durchblick. Vielleicht lag Silvia aber mit Fieber im Bett?

Jetzt war Wilfried bei Franziska angekommen und fragte: „Bin ich zu spät dran? Habt ihr schon etwas herausgefunden? Das Skateboard hat mir der Dominik nicht geliehen, er hat gesagt, er braucht es heute selber."

Ob er etwas über Silvia wisse?

„Naja, alles, was der große Bruder tut, weiß man nicht, aber manches kriegt man mit!"

Das Mädchen mit den grünen Haaren sei nicht mehr die einzige Freundin von Dominik, glaube er. Wie sie noch blau war, sei sie es gewesen. Mindestens zwei Monate lang. Intensiv! „Ganz unter uns, der Dominik, der wechselt oft", sagte Wilfried, „ich kenne gar nicht alle."

Aha. Franziska schluckte. Was denn die neueste Freundin für eine Haarfarbe habe, wollte sie noch wissen. Eine echte, erfuhr sie. Echt blond oder echt schwarz? Echt blond. Aha.

Samstag, 11 Uhr 40
„Dann hab ich noch den Manfred getroffen", erzählte Gusti in der Konditorei. „Der wohnt im selben Mietshaus wie Nicole. Genau über ihr. Deshalb hört er sie Klavier spielen und singen, wenn sie das Fenster offen hat und er auch. Ihm gefällt es ganz gut, sagt er. Nur die Tonleitern nicht. Nicole kommt sehr hoch hinauf, fast wie eine Opernsängerin."

Das war alles. Mehr hatten sie über Moni, Trixi, Barbara, Steffi, Silvia und Nicole nicht herausgefunden, allesamt freundlich mit gelegentlichen Wutanfällen. Und die hat schließlich jeder Mensch.

Worüber Antonio sich insgeheim wunderte: Die Zwillinge, die ihm gestern zweimal aufgefallen waren und denen er überhaupt nicht aufgefallen war, wurden von niemandem erwähnt. Vielleicht existierten sie nur in seiner Fantasie ...

Frau Stritzinger kassierte ab und verrechnete Sonderpreise, weil Gusti für alle bezahlte. Sie steckte die Quittung ein. Wenn der Kugler-Familienrat ihr die Krapfenkosten nicht ersetzte, musste sie Oma Kugler um ein Zusatz-Taschengeld bitten. Der November hatte noch sechs Tage.

„Ich schicke meinen Mann zum Rockkonzert", sagte Frau Stritzinger. „Er spielt seit über vierzig Jahren Klarinette und interessiert sich für jede Art von Musik. Besonders für Mozart, aber auch für Rock'n'Roll. Und eure Plakate sehen toll aus", lobte sie Gusti.

„Komm, gehen wir", sagte Antonio. Er hielt Gusti die Tür auf.

Die Krapfenrunde hatte wenig ergeben: Man konnte nicht einmal sagen, wer es nicht gewesen war. Gusti schnaubte ärgerlich. Ihr kam vor, als hätten sie etwas übersehen.

Samstag, 12 Uhr
Die Seewieser Straßen waren jetzt leer. Die Wolkenwände ließen einen Spalt frei und Sonnenstrahlen glitzerten auf dem See. Die Mittagsglocken läuteten, die Sirene heulte das samstägliche Probesignal.

Alle Spione waren heimgegangen. Alle Rauchfänge rauchten. Es duftete in allen Küchen. Die drei Kugler-Eigenbau-Plakate verkündeten das Rockfestival. Auf dem Markt räumten die Standler ihre Waren weg. Der Wind blies Papiertüten über den Asphalt. Eine matschige Birne lag auf einem Kanalgitter. Ein Hund schnüffelte daran. Es war nicht der hübsche Harry. Traudi gefiel er trotzdem: grau, kurzbeinig und stoppelschwänzig. Er sah hungrig aus. Traudi hatte auch Hunger.

Hinter ihr öffnete sich das Fenster der Wachstube. Inspektor Obermoser schaute heraus. „Wartest du auf jemanden?"

Traudi nickte: „Auf meine Schwestern."

„Gibt's was Neues?"

„Das wollte ich Sie fragen, Herr Inspektor!"

„Nur ein Detail: Sag dem Wolfi, den Rändern nach zu schließen ist das Fell nicht mit einer Klinge glatt zerschnitten, sondern eher aufgerissen oder aufgestochen worden, meint unser Experte."

Traudi dankte und dachte an Nagelzwicker und Gartenscheren, dann an Fuchsschwänze und zum Schluss an Motorsägen und auf einmal schüttelte es sie vor Grausen. Wo blieben bloß ihre Schwestern? Franziska war vor einiger Zeit verschwunden und nicht mehr aufgetaucht.

Der Hund hatte sich in Traudis Nähe auf die Bordkante gesetzt. Er trug ein Halsband. Darauf stand sicher sein Name. Traudi bückte sich. Ein Hundehauch aus dem Hundemaul und sie zuckte zurück. Trotzdem: Hunde waren eindeutig ihre Lieblingstiere. Neulich hatte sie bei Omi die Sendung vom rasenden Radiohund gehört. Rudi, der Radiohund, erzählte jeden Tag etwas Neues, von dem er annahm, dass Kinder sich dafür interessierten. Heuer sei das Jahr des Hundes, darauf sei er stolz, hatte er gesagt. Er sei aber kein chinesischer Hund. Das Hundejahr gelte nur für Chinesen.

Oma, die auch zuhörte, hatte behauptet, dass man in China Hunde esse, aber Traudi hatte ihr nicht geglaubt. Wie sah der Radiohund eigentlich aus? So wie der da?

„Struppi!" Die Tür auf der Beifahrerseite eines Lasters schwang auf. Der struppige Struppi lief folgsam zum Einstieg. Nicht einen Blick gönnte er Traudi.

Jetzt war sie allein auf dem Marktplatz. Und endlich fiel ihr ein, was sie ausgemacht hatten: Sobald die Mittagsglocken läuteten, ging jeder heim, egal, wo er sich gerade befand, ohne auf die anderen zu warten.

Samstag, 12 Uhr 15
Franziska war nach Hause gelaufen und hatte sich Wolfis Rad geschnappt. Sie war Richtung Sportplatz geradelt, der außerhalb von Seewies am Steinbruch lag. Die „Halfpipes" waren mit dem Geld der SolCom gebaut worden und das Trainieren auf der Anlage war für Seewieser Kinder kostenlos.

„Vielleicht bringt es eh nichts", hatte sie gedacht. Die Idee war ihr gekommen, als Wilfried erzählte, sein Bruder habe ihm das Skateboard nicht geliehen. „Logisch, Dominik trainiert auf dem Sportplatz und beim Training lässt er sich bewundern. Samstag ist der ideale Tag: Seine Fans haben schulfrei. Seine Freundinnen auch. Die alte und die neue. Die schau ich mir an!"

Zur gleichen Zeit versammelte sich Franziskas Familie um den großen Tisch.

Es gab die Samstag-Spezial-Pizza in doppelter Ausführung (zwei Backbleche). Für Oma schwamm eine Knackwurst in der Nudelsuppe. Der Pointl-Opa beteiligte sich an der Pizza. Im Gegensatz zu Oma hatte er einen modernen Geschmack. Die härteren Teigränder schob er in die Hosentasche. („Möwen mögen alles", dachte er jedes Mal, wenn er nachmittags zum Seeufer spazierte.)

„Wo bleibt nur die Franziska?", fragte er.

„Vielleicht verfolgt sie wieder ein Phantom?", sagte Traudi. Und dann erzählte sie Wolfi von dem Experten, der das Trommelfell untersucht hatte.

„Derjenige, der das getan hat, war auf jeden Fall kein Phantom", antwortete Wolfi.

„Einige Wörter klingen in anderen Sprachen ähnlich", bemerkte Gusti und schlug ihr Vokabelheft auf. „Phantom heißt auch auf Englisch phantom, aber auf Spanisch nicht."

„Weil nicht alle Wörter dieselben Wurzeln haben", sagte Frau Kugler.

„Wörter haben Wurzeln?", wunderte sich der Pointl-Opa. „Man lernt nie aus."

Gusti las vor: „Polizei – policia – police, schrecklich – horrible – horrible, Verbrechen – crimen – crime.

„Das klingt kriminell!", sagte Herr Kugler, „sammelt ihr nur verbrecherische Wörter?"

„Nein, aber wir ordnen sie nach Sachthemen. Erstens Aktuelles, zweitens Freizeit, drittens internationales Essen und Trinken. – Antonio hat gesagt, in Mexiko ist die Schokolade erfunden worden. Und die Mexikaner essen Fleisch mit Schokoladensoße."

„Das esse ich lieber nacheinander", sagte Frau Kugler.

„Ganz deiner Meinung", murmelte die Oma und tauchte das letzte Wurstzipfelchen in den Senf.

„Ist doch wurscht, Oma", sagte Gusti. „Hauptsache, Antonio kommt bald. Ach ja, noch was – ich soll schöne Grüße ausrichten von Frau Stritzinger." Die Krapfenrechung war ihr eingefallen.

Samstag, 12 Uhr 40
Eilige Schritte kamen den Gang entlang: In der Tür stand nicht Antonio, sondern Franziska.

„Ich wette, ihr wisst nicht, wie gefährlich ein Skater lebt", sagte sie anstelle einer Begrüßung und zwängte sich zwischen die Schwestern. Während sie zwei Pizzastücke vertilgte, berichtete sie von den waghalsigen Sprüngen und Drehungen, die drei Burschen auf der Übungsbahn vollführt hatten. Einer davon war Dominik gewesen. Er hatte einen Salto probiert. „Und jetzt wird er ins Krankenhaus gebracht."

Wie zur Bestätigung hörten sie das Horn des Rettungswagens.

„Silvia und Nicole fahren mit", sagte Franziska.

„Sind sie auch verletzt?", fragte Wolfi. Vor seinem geistigen Auge erschien das Trugbild vom rollenden Skaterpaar.

„Nein, aber geschockt. Mehr als der Dominik. Ich weiß nicht, ob die heute zum Konzert kommen. Wahrscheinlich müssen sie sich gegenseitig trösten und mit ihm Handerl halten."

„Welchen Körperteil hat er sich denn verletzt?", fragte Wolfi.

Er dachte an seine Extremitäten, die er alle vier am Schlagzeug brauchte. Er würde sich keiner Sturzgefahr aussetzen, von einem einbeinigen oder einarmigen Drummer hatte er noch nie etwas gehört. Obwohl, wenn man es sich überlegte, auch das müsste zu machen sein. Mit einer eigens entwickelten Technik ...

„Der Sanitäter vermutet einen Schlüsselbeinbruch", sagte Franziska, „Dominik ist unglücklich gelandet. Übrigens, Wolfi, im hinteren Reifen geht die Luft aus, ich hab ihn zweimal aufpumpen müssen."

„Vielleicht ist das Ventil kaputt", brummte Wolfi.

„Jetzt ist mir die Suppe kalt geworden", sagte die

Oma, die gern unpassende Bemerkungen machte. Sie zeigte mit dem Löffel zum Fenster: „Und es hat wieder angefangen zu schneien."

„Wir räumen das Schlagzeug gleich ins Auto und die Boxen in den Anhänger", sagte Herr Kugler zu seinem Sohn. „Ich möchte mein Jogging nicht verschieben."

„Suppe ist auch so ein Wort", sagte Gusti und zückte wieder das Vokabelheft. „Suppe – sopa – soup. Und weißt du was, Omi, in warmen Ländern isst man die Suppe kalt."

„Andere Länder, andere Sitten", antwortete Oma Kugler, die keine Gelegenheit ausließ, eine ihrer überlieferten Weisheiten loszuwerden.

„Du immer mit deinen Fremdsprachen, Gusti!", sagte Traudi. „Es wär einfacher, wenn es auf der ganzen Welt nur eine Sprache gäbe."

„Einfacher schon, aber langweilig", sagte Frau Kugler, die französische Chansons mochte.

„Zweisprachig aufzuwachsen, wie der Antonio, das stelle ich mir echt cool vor", sagte Gusti, „da hat man weniger Arbeit mit dem Auswendiglernen."

„Ja, Papa, warum bist du kein Mexikaner? Oder wenigstens ein Engländer oder ein Franzose!", rief Traudi.

Das Mittagessen endet mit einer allgemeinen Sprachverwirrung: Alle redeten gleichzeitig. Der

Pointl-Opa setzte sich seine alte Eisenbahnermütze auf und verließ das Haus. Die Möwen warteten auf ihn. Figaro begleitete ihn bis zum Ende des Gartens. Der Wind wehte schwächer, es schneite in großen Flocken.

Samstag, 13 Uhr 15
Niemand hatte Wolfi gefragt, wo er vormittags gewesen war. Und weil die Zeit knapp wurde, gab es keine geschwisterliche Besprechung. Dabei wäre es gut gewesen, die neuen Erkenntnisse auszutauschen. Aber wenn man satt ist, denkt man leicht, dass alles klappen wird. Und was hätte man jetzt noch tun sollen? Für die Spione war Entwarnung gegeben worden. Sie hatten eine Telefonkette gestartet, jeder war informiert.

Wichtig war, dass der Saal voll wurde. Vor leeren Reihen zu spielen, wäre hart. Wenn aber alle kamen, die vom Konzert wussten, würde man zusätzliche Stühle holen müssen. Es gab keine Reservierungen, dafür freie Platzwahl. Und vor der Rampe waren vier Meter Raum zum Tanzen. Zum Abrocken!

Wolfi und der Vater kümmerten sich um den Transport des Schlagzeugs. Frau Kugler machte ihren Mittagsschlaf. Ab dem dreißigsten Geburtstag brauche man, sagte sie, täglich ein Viertelstündchen. Dasselbe tat ihre Schwiegermutter zwei Häuser weiter und doppelt so lang. Sie war ja auch doppelt so alt.

Die drei Schwestern hatten sich zurückgezogen, sie überlegten, ob sie ein Spruchband malen sollten. Das könnte man schwenken wie eine Fahne, meinte Franziska.

Sie suchten nach einem weißen Tischtuch. Der Wäscheschrank war mustergültig eingeräumt, so würden sie das niemals wieder hinkriegen, ohne dass die Mutter etwas bemerkte.

„Wir nehmen mein Leintuch", sagte Gusti. „aber nicht die Filzstifte. Wasserfarben kriegt man wieder heraus."

Leider waren die Pinsel aus ihren Malkästen nicht sehr dick. Und in einem Malkasten gibt es nur Deckweiß, aber kein Deckschwarz. Sie brauchten mehr als eine Stunde, um Mozarts Initialen fünfzig Zentimeter hoch und fünf Zentimeter breit aufzumalen. Ehrlich gesagt, das W.A.M.ROCKS gelang ihnen nicht einwandfrei.

„Besser als gar nichts!", sagte Traudi und holte den Haarfön, um die Riesen-Buchstaben zu trocknen.

Dann stellten sie sich hin und schwenkten probeweise.

„Wir hätten auch WINNER draufmalen sollen", sagte Franziska. Aber keine hatte Lust, nochmals mit der Arbeit zu beginnen. Sie hatten genug von all den Vorbereitungen.

„Mensch, noch vier Stunden bis zum Konzert, das ist ja nicht auszuhalten!", jammerte Traudi.

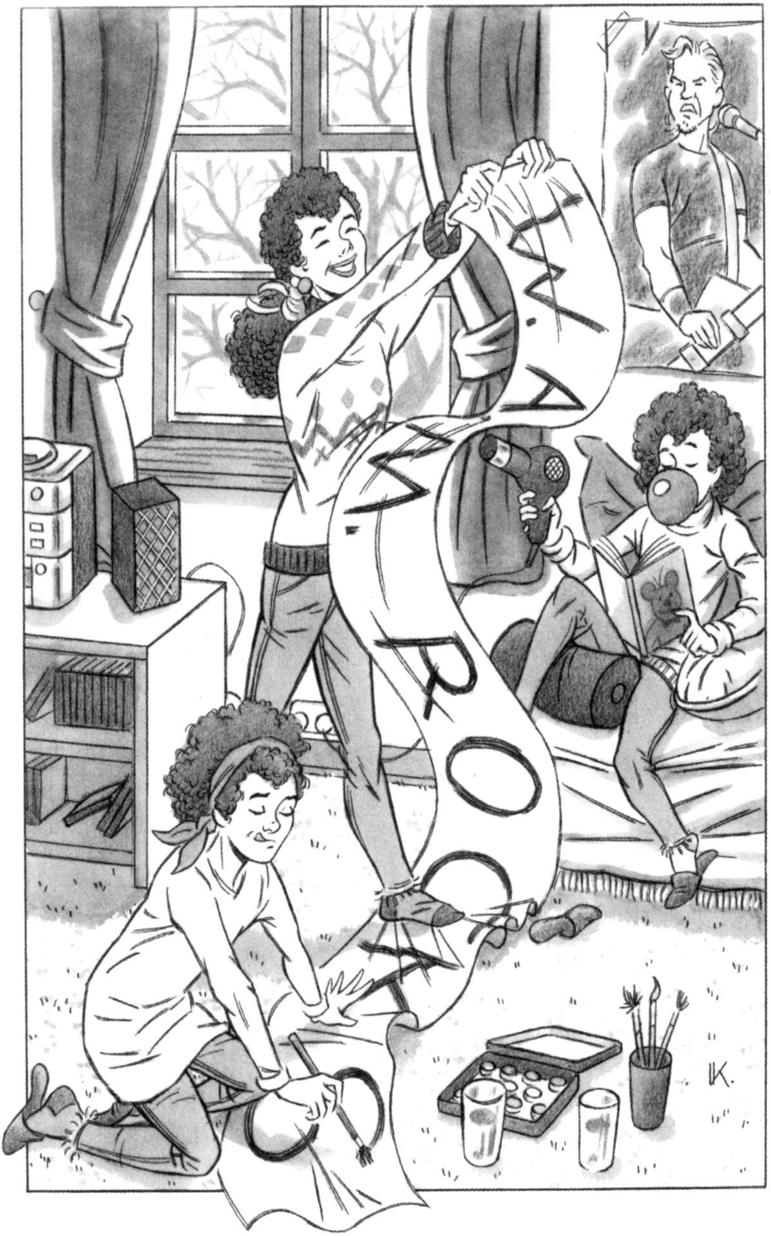

Kurz bevor sie zu streiten anfingen, klopfte es an der Zimmertür: Antonio! Zorro, der Retter, war da!

Samstag, 14 Uhr 15
Das Kugler-Auto stand einsam auf dem Parkplatz vor dem Seewieser Kino. Daneben Wolfis Fahrrad mit Anhänger, ein Reifen war platt. Der Vater schaute alle paar Minuten auf die Uhr. Sie waren zu früh dran. Das Festival-Plakat hing im Schaukasten, es war heil geblieben.

Wolfi wählte Herrn Bammingers Nummer. Der Studioleiter meldete sich ein wenig unwirsch, er sei noch beim Mittagesssen. Aber er hatte Verständnis. Der erste Auftritt ist für einen jungen Rockmusiker das wichtigste Ereignis seiner gesamten Laufbahn, egal, wie lange diese Laufbahn dauern und wohin sie ihn führen würde.

Wolfis Band war als erste dran, also mussten sie auch als erste aufbauen. Und was besonders wichtig war: Wolfis Schlagzeug sollte als „hardware" auf der Bühne bleiben und von allen Bands benutzt werden. Die auswärtigen Schlagzeuger hatten nur ihre Becken und Snare-drums zu montieren. Dadurch behielt jede Band ihren besonderen Sound und der Umbau zwischen den Auftritten dauerte nicht zu lang.

Herr Kugler hatte es bedenklich gefunden, dass

Wolfi sein Schlagzeug den anderen zur Verfügung stellte, aber man hatte ihn beruhigt: Keinem Schlagzeuger falle es ein, etwas anderes mit dem Schlagzeug anzustellen, als darauf zu spielen. Wie man aber erlebt hatte, gab es durchaus jemanden mit abwegigen Ideen!

Bevor Herr Bamminger eintraf, kamen Wolfis Kollegen zu Fuß an, Instrumente geschultert, die Plastiksäcke mit den Kabelknäueln schwingend, die Nerven angespannt.

Samstag, 14 Uhr 45
Es hatte aufgehört zu schneien. Herr Kugler stellte das Auto in die Garage. Er war bereits im Jogginganzug, blau mit weißen Streifen an den Seitennähten, figurbetont.

Er überlegte, ob er seine Frau bitten sollte, ihn zu begleiten. Sie unternahmen so selten etwas gemeinsam. Ständig war irgendwas für die Kinder zu tun!

„Urlaub zu zweit", dachte er, „müsste eigentlich möglich sein in einer großen Familie." Wenn seine Mutter und der Vater von Marie-Luise sich besser vertrügen! Die beiden waren wie Hund und Katz'. Aber wenigstens verbargen sie die gegenseitige Abneigung den Enkelkindern zuliebe.

Am Fluss entlang führte seine bevorzugte Laufstrecke. Kurz vor der Mündung in den See gab es eine Bucht mit einer seichten Stelle voller Flusskiesel. Dort hatten sie sich zum ersten Mal geküsst, seine Luise und er. Vor 14, nein, vor 15 Jahren! Aber es war Frühling gewesen. Jetzt tropfte die Nässe von den Zweigen. Er schaute auf die schaumigen Wellenkämme. Der See war grau wie immer bei Schlechtwetter, blau war er nur bei Sonnenschein. „Der See hat sich nicht verändert", dachte Herr Kugler. „Die Gefühle für meine Frau haben sich auch nicht verändert. Erstaunlich, dass man die erste Umarmung nicht vergisst, egal, wie viel Zeit auch vergeht!"

Samstag, 15 Uhr 30
Am Rückweg, den Herr Kugler gemütlich schlendernd genoss, sah er einen Rettungswagen zum Marktplatz einbiegen. Die Einsatz-Zentrale lag neben der Wachstube. Er sah zwei Sanitäter und zwei Mädchen aussteigen. Die Mädchen verabschiedeten sich nicht voneinander. „Die können sich nicht leiden", dachte er. Eines der Mädchen – hatte es tatsächlich grüne Haare? – ging schnell über den Platz und verschwand in der Gasse zum Hotel Post, das andere kam ihm entgegen. Ein abweisender Blick traf ihn. „So hübsch und so missmutig!", dachte er, als das Mädchen an ihm vorüberging.

Das Haar des Mädchens war im Nacken mit einer schwarzen Spange zusammengefasst. Die ganze Gestalt war schwarz. Schwarze Hosen, schwarze Jacke, schwarze Stiefel. Nur das Haar leuchtete hell wie poliertes Gold.

Jetzt kam Herr Kugler zum Supermarkt. Das rote Plakat erinnerte ihn an Wolfi. Sein Sohn hatte ihn weggeschickt, sobald die Bandkollegen aufgekreuzt waren. Und Herr Kugler war froh gewesen, dass er beim Aufbau nicht gebraucht wurde. Die Nervosität der Musiker war ansteckend.

Dass gerade er einen Sohn hatte, der nichts lieber tat, als Lärm zu schlagen, war ihm unbegreiflich. Die große Trommel bei der Blasmusik war etwas ganz anderes gewesen. Da lieferte man den tiefen Grundton für die anderen mit ihren Klarinetten, Hörnern und Trompeten, den sicheren Takt, den sie brauchten. Er selbst haute damals und in vergleichsweise großen Abständen auf die Pauke, Wolfi aber bearbeitete in raschem Wirbel Trommeln und Becken, bis alles vom Rhythmus erfasst war. Alles und alle in der Nähe. Man kam ihm nicht aus. Je fetziger, desto lieber!

Herr Kugler fing an zu pfeifen. Das blonde Mädchen in Schwarz ging schon auf der anderen Flussseite. Jetzt wurden ihre Schritte langsamer. Es sah so aus, als hätte sie kein Ziel, als wollte sie nur die Zeit totschlagen. Aber vielleicht wartete sie auf jemanden.

Ab und zu warf sie einen Blick zurück. Glaubte sie, dass er sie verfolgte?

Wie dumm von ihm! Wenn ihn jemand beobachtete, wie er einer Blondine hinterherstarrte und dabei auch noch pfiff! Irgendetwas an ihr beunruhigte ihn. Herr Kugler konnte sich nicht erinnern, sie einmal mit Franziska gesehen zu haben. Er fing wieder an zu joggen und lief bis vor die Haustür.

Figaro saß auf einem Zaunpfahl und miaute vorwurfsvoll. Die Haustür war zu. Das Kellerfenster war zu. Und niemand kümmerte sich um ihn! Nur der kleine Mexikaner hatte ihn kurz gestreichelt, bevor er ins Haus gegangen war. Das war alles an Bewunderung, was Figaro seit Stunden bekommen hatte. Wolfi, sein liebster Mensch, war, ohne sich ordentlich zu verabschieden, mit dem Fahrrad samt Anhänger fortgefahren.

Herr Kugler nahm den Kater auf den Arm. Seine Frau wartete vielleicht mit Kuchen und Kaffee auf ihn. Schade, es roch nach Tee. Dazu gab es Waffeln aus Buchweizenmehl. Sehr gesund und sehr alternativ! Figaro bekam gewässerte Milch.

Samstag, 17 Uhr 20
Vor dem Haupteingang standen Mütter und Väter, Tanten und Onkel, Schwestern und Brüder gruppenweise bei ihren Schützlingen, den jungen Musikern. The Penguins sahen nicht wie Pinguine aus, Traudi

war enttäuscht. Die Gruppe SALAMBO war im Fransen-Look erschienen, ihre Leadsängerin war kaum von den Burschen zu unterscheiden.

„Wie in einem Country-Club", ätzte Franziska. „Es fehlen nur noch die Cowboy-Hüte!"

„Sombreros wären noch schlimmer!", sagte Antonio.

The Flying Guitars traten in engen, dunklen Anzügen auf, die von ihrer Firmung stammten, vermutete Gusti. Crossing Game, die größte Gruppe, sah so bunt gemischt aus, als hätten sie sich zufällig getroffen, drei Burschen und drei Mädchen in farbenfrohen T-Shirts. „Die nehmen es locker", dachte Franziska. Sie hatte plötzlich eine Erleuchtung: Wie wäre es, wenn sie sich bei den W.A.M.ROCKS als fünftes Mitglied bewerben würde? Opas Mundharmonika war noch nicht verrostet. Die Beatles hatten dieses bescheidene Instrument auch verwendet. Und die Refrains aller zehn W.A.M.ROCKS-Nummern konnte Franziska längst auswendig singen. Den Schwestern verriet sie nichts von der Idee, sonst wollten sie es ihr nachmachen.

Gusti umrundete den Platz und versuchte, möglichst viel über die Konkurrenten auszukundschaften. Danach flüsterte sie Wolfi zu: „Crossing Game spielen als erste Nummer I Was Hoping von Alanis Morissette, kennst du das? Die Pinguine beginnen mit Knockin'

On Heaven's Door. Und stell dir vor, Wolfi, SALAMBO auch!"

„Au weia!" Wolfi blies die Backen auf, „die abgedroschenste Nummer, die es gibt, gleich doppelt!"

Antonio hatte die Hände in den Hosentaschen vergraben und gab sich weltmännisch. Seine Tante hatte kommen wollen. Er verrenkte sich fast den Hals, entdeckte sie aber nicht.

Wolfi ging zum x-ten Mal durch den Notausgang in den Saal hinein und kam wieder heraus. Stillhalten war nicht mehr möglich. Das Lampenfieber hatte ihn gepackt. Er wischte sich die Handflächen am Hosenboden ab. Seine Familie war noch nicht vollzählig hier.

Die Mädchen aus Franziskas Klasse standen alle paar Minuten woanders, beobachtete Wolfi. Diese treulosen Puten flatterten von einer Band zur anderen. Nicole war nicht dabei. Die hatte sich ja sowieso nicht für seine Musik interessiert. Sie bereitete sicher ihre Videoparty vor.

Ein Polizist (es war nicht Inspektor Obermoser) wanderte auf dem Gehsteig hin und her und plauderte mit einem Feuerwehrmann. Die Ordnungshüter garantierten mit ihrer Anwesenheit, dass alles gesetzmäßig ablief.

In zehn Minuten war Einlass für das Publikum. Alles war bereit, Mischpult, Boxen, Verstärker,

Frequenzweichen, Scheinwerfer. Roland Bamminger und sein Assistent waren Profis. Elektrische Pannen waren nicht zu befürchten. Ein Mann im Sportsakko stand bei ihnen und zündete sich eine Zigarette an. Bestimmt war das der Eigentümer des Musiklabels.

„Wolfi!", ertönte eine großmütterliche Stimme.

Die Kugler-Kinder hatten ihre Oma nicht erwartet. Aus musikalischen Gründen. Wenn sie es sich überlegt hatte, warum kam sie dann nicht gemeinsam mit den Eltern und dem Pointl-Opa?

„Wolfi!", keuchte sie, als sie bei den Enkelkindern angekommen war, „jetzt hab ich sie doch noch rechtzeitig gefunden!"

„Ich versteh nicht, Omi!"

„Sie war auf dem Dachboden beim Faschingszeug. Die Perücke! Damit du ausschaust wie der Mozart!"

Sie zerrte eine weiße Watteperücke aus der Tasche und versuchte, sie Wolfi über den Kopf zu stülpen. Gut, dass die Oma zehn Zentimeter kleiner war als ihr Enkel, sonst wäre es ihr womöglich gelungen! Wolfi und die Mädchen waren sprachlos.

Da griff Antonio ein: „Wenn Sie erlauben, Frau Kugler, trage ich sie!" Er nahm ihr die Perücke ab, setzte sie auf und stolzierte weiß bezopft zum Notausgang. Gusti lachte und lief hinterher. Alle wandten die Köpfe und wunderten sich: So ein Kasperltheater!

Samstag, 17 Uhr 25

Der Saal lag im Dunkeln. Nur die Lampe beim Mischpult war eingeschaltet und über dem Notausgang leuchtete hellgrün das Wort EXIT.

Antonio war feierlich zumute. Auf der Bühne sah er die Metallteile von Wolfis Schlagzeug schimmern. Er ging auf Zehenspitzen zur Rampe vor. Die Vorhänge waren gerafft und bildeten auf beiden Seiten dicke Wülste.

Gusti kam herein und blickte zur Decke hinauf. Die Stille im leeren Saal beeindruckte auch sie. Bald würde es hier nicht mehr still sein!

Die weiße Perücke schwebte ihr voran, der Wattezopf baumelte auf Antonios Rücken. Jetzt gelangten sie zu drei Stufen, jetzt zwängten sie sich zwischen Vorhang und Wand durch. Da! Hinter der Trommel bewegte sich etwas! Kaum sichtbar zwischen den vielen Kabeln und Ständern! Etwas Dünnes, Längliches blitzte auf, in einer Hand, die sich hob. Antonio schrie und sprang nach vorn und landete auf einem schmalen Rücken – noch ein Schrei und das glänzende Ding fiel zu Boden. Jetzt warf sich auch Gusti auf die schwarze Gestalt und das doppelte Gewicht presste sie nieder.

„Halt! Was macht ihr da?", brüllte Wolfi, der eben in den Saal gekommen war.

Er stand schon auf der Bühne und bückte sich nach der Perücke, die Antonio vom Kopf gerutscht war. Sie

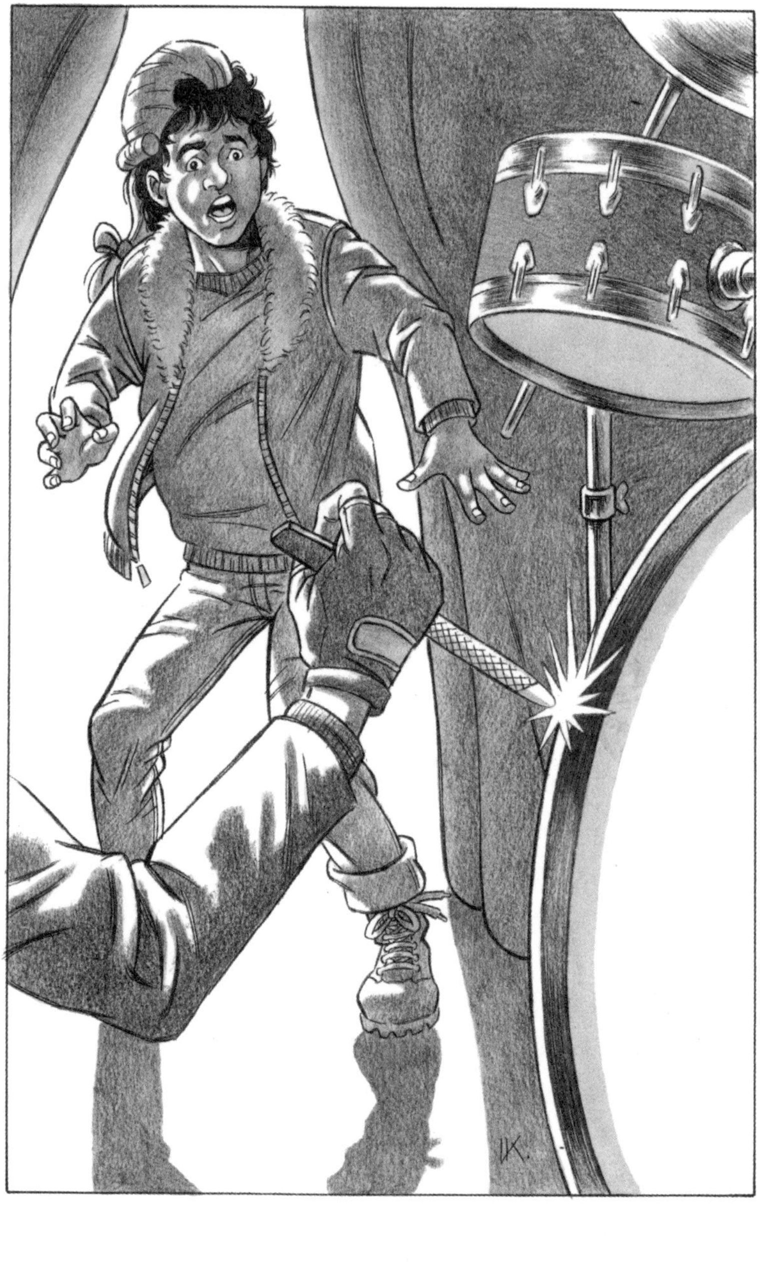

lag neben einer Nagelfeile und einer Haarspange und langen, blonden Haaren. Die Haare bedeckten das Gesicht eines Mädchens. Leises Stöhnen war zu hören.

„Nicole?", fragte Wolfi. Seine Stimme war heiser.

„Steht auf, sie kriegt ja keine Luft!", sagte er dann zu Antonio und Gusti. Sie rutschten von Nicoles Rücken, ein Mikrophonständer fiel krachend um, das Becken schepperte. Wolfi fasste unter Nicoles Arme und half ihr auf.

Die längste Minute in Wolfis Leben dauerte eine Ewigkeit, aber er zwang sich zu warten, bis Nicole sagen würde, was sie hatte tun wollen. Und was sie getan hatte. Und warum.

Nicole strich sich die Strähnen aus dem Gesicht. Jetzt sah Wolfi, dass sie weinte. „Er war so gemein!", begann sie und schluchzte zwischen den einzelnen Sätzen. „Der Andi hat mich ausgelacht, der eingebildete Affe! Dabei singt er selber so grottenschlecht! Ich wollte ihm das Konzert vermasseln, seinen Bass stehlen oder die Saiten, aber er schleppt ihn ja dauernd mit sich herum. Dann bin ich auf die Idee mit der Trommel gekommen. Und weil das nichts genützt hat, wollte ich heute –"

„Hast du ganz allein die Plakate abgerissen und besprayt oder hat dir wer geholfen?", unterbrach sie Gusti.

„Muss ich das sagen?", fragte Nicole.

„Wir reden jetzt darüber und dann nie wieder", sagte Wolfi, „es bleibt unter uns, Nicole. Und wegen der Polizei, das können wir sicher regeln."

„Am Anfang haben mir Silvia und Dominik geholfen, aber nur bei den Plakaten. Zuerst Silvia, dann Dominik. Das Zerreißen ist Silvias Idee gewesen, Dominik hat den roten Lack im Farbengeschäft gekauft. Das Plakat auf dem Bahnhof wollte Silvia auch noch herunterreißen, aber weil du da warst, Wolfi, hat sie es abgenommen und in die Disco mitgebracht."

„Und was war im Keller?", fragte Gusti.

„Ich bin in den Keller zurückgeschlichen, nachdem ich mich von den anderen verabschiedet habe. Bei euch ist ja nie abgeschlossen. Nur eure Katze hat mich bemerkt. Wie ich aus dem Fenster gestiegen bin, hat sie mich sogar verfolgt. In der Disco hab ich es Silvia und Dominik erzählt. Da haben sie gesagt, ich muss allein weitermachen, aber verraten wollten sie mich nicht. Von da an haben sie mich geschnitten. Auf dem Sportplatz hat Dominik so getan, als ob ich Luft wäre. Ich bin trotzdem im Rettungsauto mitgefahren und er hat nur mit Silvia geredet." Sie rieb an ihrer Nase.

Wolfi reichte Nicole ein Taschentuch.

Sie wischte in ihrem Gesicht herum, da klopfte ihr Antonio auf den Rücken und sagte etwas auf Spanisch, was sehr sanft und tröstlich klang.

Nicole fragte: „Wie, bitte?"

Antonio blinzelte ihr zu und lächelte. Da lächelte sie auch.

Wolfi gab Nicole die Feile und sagte: „Die brauchst du jetzt nur noch für deine Nägel." Dann stellte er den Mikrophonständer auf und trat dabei auf etwas Hartes. Es knackste unter seinen Sohlen. Das war Nicoles Haarspange.

Sie sprangen polternd von der Bühne und bevor sie den Saal verließen, sagte Antonio: „Nicole, das war blöd von dir, ehrlich!"

„Ja, saublöd!", sagte Gusti.

Nicole nickte.

Und Wolfi nickte.

Und dann sagte Gusti noch: „Die Rechnung für das Fell bekommst du nach dem Konzert!"

„Ja", antwortete Nicole. Sie schaute Wolfi an und fügte hinzu: „Es tut mir leid!"

Da gingen auch schon die Saaltüren auf.

Samstag, 17 Uhr 30
Zwei Reihen wurden voll mit den Fans der W.A.M.ROCKS. Am Rand saßen der Pointl-Opa und Oma Kugler, die den Sack mit der Perücke auf dem Schoß hielt. Daneben hatten die Eltern mit ihren drei Töchtern Platz genommen. Das bemalte Leintuch war noch zusammengefaltet. Antonio klappte einen Sitz für Nicole herunter. Ihre fünf Freundinnen setzten

sich dazu: Barbara, Moni, Steffi, Trixi und die grüne Silvia.

„Ist da noch frei?", fragte ein junger Mann. Es war Gerry, Wolfis alter Freund. Noch einmal so viele Verwandte von Andi und den Gitarristen schlossen sich an. Und von ganz hinten winkte der Bäckermeister Stritzinger der Oma Kugler.

Der Saal füllte sich mit den Fans der auswärtigen Bands. Der Feuerwehrmann und der Polizist halfen Stühle hereintragen. Der Fluchtweg musste frei bleiben.

Antonios Tante war noch immer nicht da. Als er zurückschaute, sah er die Zwillinge hereinkommen. Es gab sie also wirklich.

Samstag, 18 Uhr
Die Scheinwerfer gingen an. Herr Bamminger begrüßte das Publikum und Andi stellte die W.A.M.ROCKS vor.

Da schob Wolfi ihn vom Mikrophon weg und sagte: „Wir haben das Programm geändert: Als erstes Stück bringen wir nicht Paint It Black von den Stones, sondern Lady In Black. Und wir widmen es Nicole."

Er setzte sich ans Schlagzeug und zählte ein: One-two, one-two- three-four!

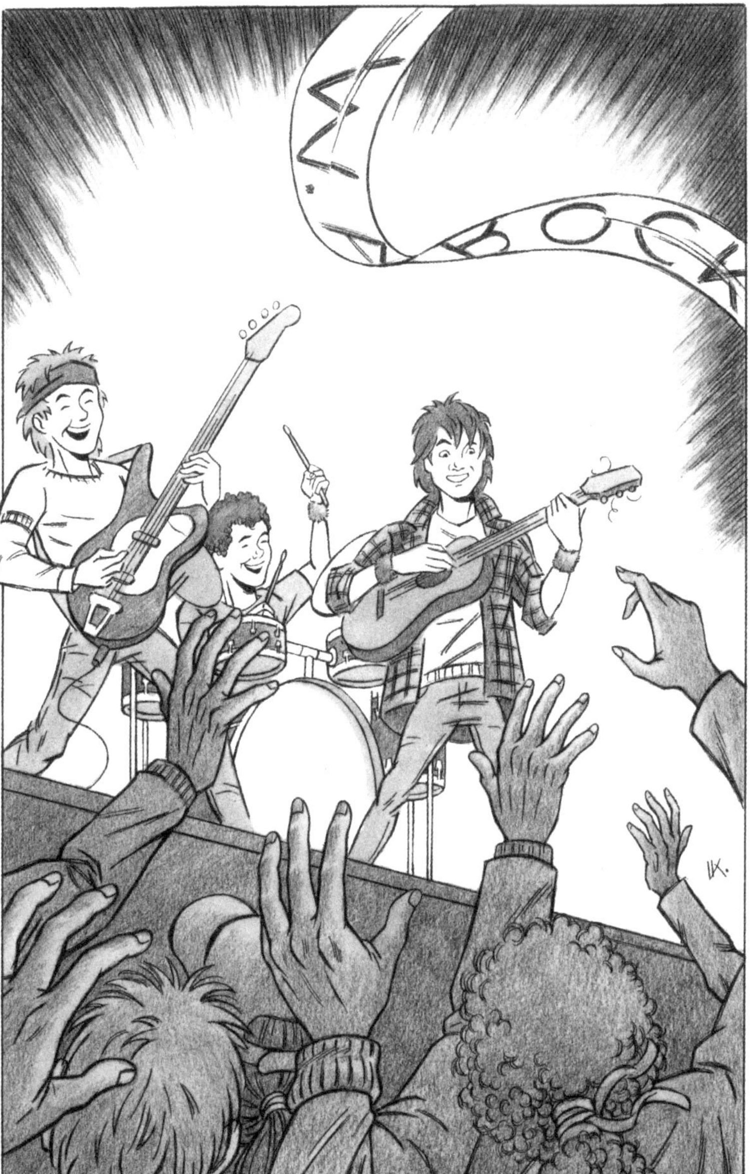

GLOSSAR

amigo	spanisch: Freund
Aula	Fest- oder Versammlungssaal
Background-Chor	Hintergrund-Stimmen
Barock	Kulturepoche
Barockmusik	Musik aus der Zeit des 17. bis 18. Jahrhunderts
Batterie	Schlagzeug
Beagle	englische Hunderasse
Big brother is watching you!	Anspielung auf den Roman *1984* von George Orwell bzw. die allerorten stattfindende Überwachung durch Kameras
Blunzengröstel	Speise aus Erdäpfeln und gerösteter Blutwurst
Casting	Auswahlverfahren zur Besetzung von Rollen (Film, Fernsehen, Shows etc.)
Chansons	Oberbegriff für französischsprachige Lieder
Drummer	Schlagzeuger
Drums	Schlagzeug
E-Bass	elektrisch verstärkte Bassgitarre
Engagement	Anstellung
Extremitäten	Arme und Beine
Falco	bekannter österr. Sänger, verstorben
Flyer	englisch: Flugzettel
Fuchsschwanz	kurze Handsäge
Grammelknödel	Speise: Mehlknödel, gefüllt mit ausgelassenen Schweineschwarten
Halfpipe	geschwungene Trainingsbahn für Sportler
Hardware	hier: die große Trommel, Beckenständer, Fußmaschinen und verschiedene Aufhängungen für das Schlagzeug
hasta luego!	spanisch: Bis bald!
Hiobsbotschaft	schlechte Nachricht (siehe dazu auch das Alte Testament, Buch Hiob)

hola!	spanisch: Hallo!
hombre	spanisch: Mann
Initialen	Anfangsbuchstaben von Namen
Jubiläum	jährlich wiederkehrende Feier
Label, Musiklabel	Plattenherausgeber/Plattenfirma
Metronom	Gerät, das den Takt vorgibt
Mischpult	hier laufen alle elektrischen Signale der Instrumente zusammen und werden vom Techniker beurteilt, verfeinert und als „Mix" weitergegeben
Moderation	Aufgabe der Moderation ist es, das Publikum durch das Programm zu führen
observieren	beobachten
opener	englisch: Musikstück, mit dem ein Auftritt eröffnet wird
power	englisch: Kraft
publicity	englisch: Werbung, Öffentlichkeit
Rock-Formation	Rockmusik-Gruppe
Rudi Radiohund	Kindersendung im österreichischen Rundfunk, montags bis freitags um 17 Uhr 25 auf Ö1
Sabotage	Hast du schon im Lexikon nachgeschaut?
Snare-drum	kleine, schnarrende Trommel, steht unmittelbar vor dem Sitz des Schlagzeugers
Sombrero	breitkrempiger, mexikanischer Hut
Sponsor	Geldgeber
Sticks	ein Paar Trommelschlägel
strategisch	genau nach Plan ein Ziel verfolgend
Tequila	mexikanisches alkoholisches Getränk
timing	Zeiteinteilung
Trafik	Rauchwarengeschäft
victory	englisch: Sieg
Zivi	Zivildiener

Andrea Jähnel
Schimpansen-Raub
ISBN (10) 3-7074-0311-4
ISBN (13) 978-3-7074-0311-4

Die Geschwister Elsi und Rudi sind die Kinder der Tierpflegerin Inge Pollak. In ihrer Freizeit halten sie sich meist auf dem Zoogelände auf und helfen ihrer Mutter. Ihr besonderer Liebling ist Affi, der kleine Schimpanse.
Doch da gibt es auch David, den einsamen Jungen, dessen Vater ihm jeden Wunsch erfüllt, aber der keine Zeit für ihn hat.
Und David hat einen besonderen Wunsch – er wünscht sich zum Geburtstag einen Schimpansen …

Ein kniffliger Krimi rund um den Zoo und seine Bewohner!

Edith Schreiber-Wicke
Dido greift ein
ISBN (10) 3-7074-0314-9
ISBN (13) 978-3-7074-0314-5

Dido ist mutig, schlau, hat das Herz auf dem rechten Fleck und scheint Kriminalfälle magisch anzuziehen – sie ist immer dann zur Stelle, wenn jemand Hilfe braucht.
So steht sie ihrem Freund Bruno zur Seite, der sich plötzlich ganz anders verhält, als sie von ihm gewohnt ist ...
Scharfsinnig geht sie einer Diebstahlserie in ihrer Schule nach und gibt ihr letztes Geld für einen jungen Hund aus, um diesen zu retten. Und sie setzt sich auch für die Natur ein und heckt einen tollen Plan aus, um einem Umweltsünder auf die Spur zu kommen ...

Vier spannende Krimifälle mit der scharfsinnigen Dido!

Frank Stieper
Die Byte-Girls. Das vierhändige Wesen
ISBN (10) 3-7074-0312-2
ISBN (13) 978-3-7074-0312-1

Paula, Nele und Amelie haben die Nase gestrichen voll – voll von den Jungs in der Computer-AG, die glauben, dass Mädchen Computermäuse für Nagetiere und PC-Laufwerke für Sportgeräte halten. Genervt beschließen die drei, eine Mädchen-Computerprofi-Gruppe zu bilden.
Sie nennen sich – die Byte-Girls. Als der oberschlaueste aller Angeber, Marvin, davon Wind bekommt, erzählt er den Byte-Girls von seltsamen Ereignissen auf einem alten Fabrikgelände und bittet die drei um Hilfe, die rätselhaften Vorkommnisse zu lösen. Gemeinsam machen sie sich auf den Weg, um hinter das Geheimnis des „vierhändigen Wesens" zu kommen ...

Ein überraschender Computerkrimi!

www.byte-girls.at

Lene Mayer-Skumanz
Mooti und der Mammutzauber
ISBN (10) 3-7074-0313-0
ISBN (13) 978-3-7074-313-8

Bevor die jungen Leute der Mammutjäger nach elf Sommern ihres Lebens ihren Jugendnamen bekommen, z. B. „Mooti Spürfuchs" oder „Beeti Schönhaar Eulenohr", müssen sie eine Jagdprobe ablegen. Doch Mootis Probe geht beinahe tödlich aus. Beeti Schönhaar, Mootis Freundin, entdeckt im Rüssel des von Beetis Vater und Mootis Großvater im letzten Augenblick noch erlegten Mammuts eine hauchdünne Speerspitze aus Bergkristall ...
Seltsame Dinge geschehen plötzlich unter den Jägern am Fluss. Wem nützt es, dass Mooti die Probe wiederholen muss und was hat er bei seiner Probejagd gesehen, gerochen, gehört und gespürt?

Ein spannender Krimi aus der Steinzeit!

Walter Thorwartl
Auf Schweine schießt man nicht!
ISBN (10) 3-7074-0331-9
ISBN (13) 978-3-7074-0331-2

Das Schweinefräulein Phili lebt mit seinen Geschwistern, seiner Mutter und seinem Vater auf einem Bauernhof in den Bergen. Alles scheint bestens zu sein. Scheinbar.
Phili jedoch ist ein besonderes Schwein, sie hat ein Gefühl für Gefahr. Und irgendetwas stimmt nicht, denn einige ihrer Geschwister geraten in große Bedrängnis.
Für Phili hängt ein düsterer Schatten über dem Hof.
Sie beginnt zu grübeln: Haben Schweine Feinde?

Ein ungewöhnlicher Tier-Krimi!